天下黄河九十九道湾

黄河文库·
　　文学黄河

孟宪明　总主编

黄河古代谣谚选

HUANGHE GUDAI YAOYAN XUAN

孟宪明　　选注
朱淑君

河南大学出版社
HENAN UNIVERSITY PRESS
·郑州·

图书在版编目（CIP）数据

黄河古代谣谚选 / 孟宪明，朱淑君选注.
—郑州：河南大学出版社，2020.8
（黄河文库．文学黄河）
ISBN 978-7-5649-4433-9

Ⅰ．①黄… Ⅱ．①孟…②朱… Ⅲ．①谚语－文学研究－中国－古代②民间歌谣－文学研究－中国－古代 Ⅳ．① I207.7

中国版本图书馆 CIP 数据核字（2020）第158890号

丛书策划	孟宪明　于华龙
责任编辑	田丽贞
责任校对	郑　鑫
装帧设计	翟淼淼　高枫叶　郭　灿
出版发行	河南大学出版社
	地址：郑州市郑东新区商务外环中华大厦2401号　邮　编：450046
	电话：0371-86059750（高等教育与职业教育出版分社）
	0371-86059701（营销部）
	网址：hupress.henu.edu.cn
排　版	河南大学出版社设计排版部
印　刷	河南瑞之光印刷股份有限公司
经　销	全国各新华书店
版　次	2020年8月第1版
印　次	2020年8月第1次印刷
开　本	787mm×1092mm　1/16
印　张	20
字　数	305千字
定　价	168.00 元

（本书如有印装质量问题，请与河南大学出版社联系调换）

壶口瀑布　摄影/王伟

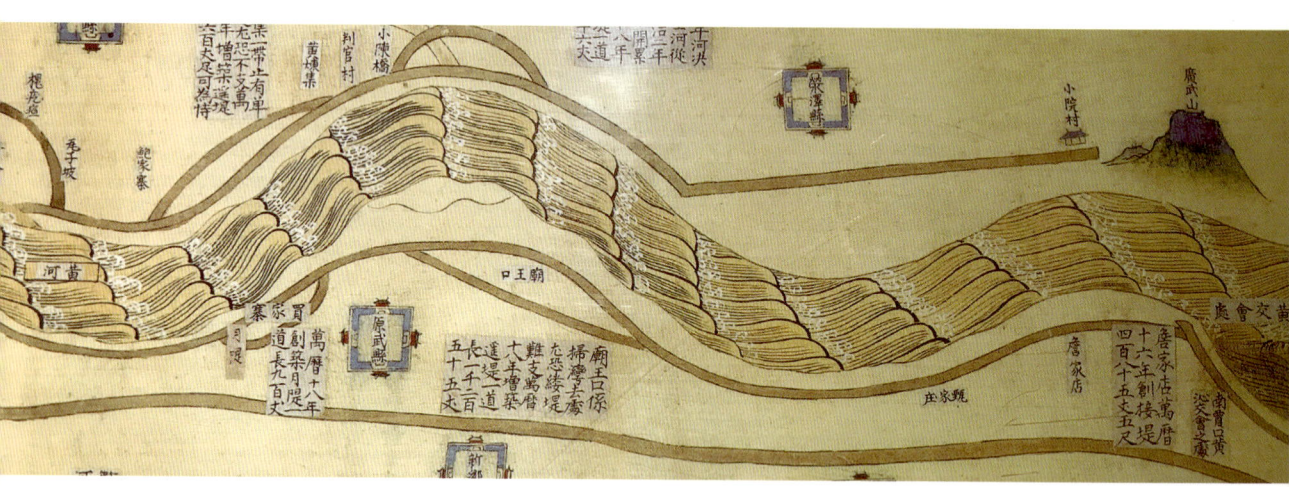

明代河防一览图（局部）

激情与涛声

孟宪明

一

1985年春天，上海一家出版社邀约一套姊妹书《黄河古诗选》和《长江古诗选》，我和朋友们选择了第一本。那时候年轻，对此书究竟意味着什么并不明晰，一做才发现此书之不易。此时，中国大型的古诗集只有《先秦汉魏晋南北朝诗》和《全唐诗》，其他诗作必须从各种各样的合集、别集以及个人的集子中寻找。我们在图书馆整整钻了三年，才对从《诗经》到清末历代诗人作品中的"黄河诗"有了一个大致的了解。此时的中国社会已经深深地进入了市场经济，"赚不赚钱"成了出版的重要指标。直到1989年，此书才由河南的中州古籍出版社出版。五年真诚的"黄河"追索，让我们对黄河文化的宽广度与幽深度有了深刻的洞悉，"黄河"，砥砺成之后我几十年生活中尖锐的警觉和敏感。

2020年1月3日，当我和郑州市惠济区的有关领导坐下来讨论"黄河"的时候，四千年前的大河村先民正在黄河边汲水晚炊，三千年前的商都天空上晚霞正艳，两千年前的《郑伯克段于鄢》正式开启春秋时代的瑰丽文脉，而黄河岸边的鸿沟里正飘荡着同楚汉相争时一样的暮云……亘古不息的黄河水在惠济区的土地上铺展着五十余里的激流与涛声。商定的结果，恰与两个月前我们策划的丛书不谋而合。天时。地利。人和。一套丛书悄然启动。

谁也没有想到，二十天后，十四亿国人会被一种无可感知的病毒所折磨、所震惊，会被一座坚强的城市所激动、所感奋。我们知道我们会胜利，但我们不知道我们会在何时胜利。时间停了下来，停在了这个猝不及防的时刻。

空间停了下来，停在了这个让人讶异的陌生之地。天下事变成了一件事。但是，我们的丛书没停。

二

河流产生文明。古巴比伦、古埃及、古印度、华夏中国，四大文明古国，无一不是河流的成功。

每条河流都有自己的性格和禀赋。这种独特的性格和禀赋必然赋予文明不同的基因，进而左右着文明的命运甚至生命。四大文明古国灭亡其三，难道与河流的性格和禀赋没有关系吗？换句话说，四大文明古国唯华夏之独存，中华文明与黄河的性格和禀赋没有关系吗？

黄河的独特之处在哪里？

此话题本应该先说黄河，但它让我想起来的首先是两则神话，一则是《女娲补天》，一则是《大禹治水》。

《淮南子·览冥训》云："往古之时，四极废，九州裂，天不兼覆，地不周载。火爁焱而不灭，水浩洋而不息。猛兽食颛民，鸷鸟攫老弱。于是女娲炼五色石以补苍天，断鳌足以立四极，杀黑龙以济冀州，积芦灰以止淫水。苍天补，四极正，淫水涸，冀州平，狡虫死，颛民生。"

面对超巨的自然灾害，伟大的女娲昂然而起，炼石补天，积灰止水。她没有逃避，没有退缩，更没有倒下。她是我们既高深辽远又近可视听的共同的老祖母。

四千年前的一场洪水，产生了华夏民族的又一个英雄，那就是从父亲的尸体边站起来的大禹。十三年治水不止，三过家门而不入。

《尚书·禹贡》云："导河积石，至于龙门；南至于华阴；东至于厎柱；又东至于孟津；东过洛汭，至于大伾；北过降水，至于大陆；又北，播为九河，同为逆河，入于海。"

司马迁的《史记·封禅书》说："昔三代之君，皆在河洛之间。"三代者，夏、商、周之谓也。夏、商、周者，中华民族之祖源也。而河洛，则是黄河与洛水的相会之处。"关关雎鸠，在河之洲。"中华民族第一部诗歌总集的第一首诗，就唱响在水汽氤氲的黄河沙洲。

可否这样想，如果没有女娲补天的心灵导引，没有大禹治水的宏伟实践，黄河会是今天的样子吗？中国的山川地域会是今天的样子吗？华夏民族的性格和命运会是今天的样子吗？

黄河造就了黄河流域。黄河产生了黄河文明。而我们这一切，包括女娲之补天、大禹之治水，皆是其性格所造成的。换言之，中华民族历数千年而繁荣不息，同样是黄河的性格和禀赋所造成的。黄河从源头起步，千转百绕，九曲回肠，接纳了无数的沟涧溪川、泉脉细流，奔腾而下，在无际的土地上走过千里万里，宽广而汹涌，宽阔而多变，宽厚而易怒，宏富而尖刻。它是阴阳之和、美丑之和、善恶之和，是深刻的对立统一的矛盾综合体。

"一石水，八斗泥。"民间的谚语准确地讲述着黄河的性格与特点。黄河不仅给我们送来了用之不尽的水源，还创造了下游数十万平方公里的冲积平原。正是永无止息的黄河水和黄河水带来的冲积平原，才在很大程度上决定了很早就起步了的农业文明。农业文明是聚居文明，是一家一户一氏族一部落的聚居文明。正是这样的文明形态，产生了"女娲补天"式的不朽的祖先崇拜。祖先崇拜的最大特点是不排他。我祖英明，你祖也可英明。我崇拜我的祖先，你也可崇拜你的祖先。正是这种不排他的信仰崇拜，使这块古老的土地上从未发生过灭绝人寰的宗教战争，而始终葆有旺盛壮健的民族血脉。这是一方面。

另一方面，在华夏先祖"近取诸身，远取诸物"的哲学意识观照下，定阴阳，作八卦，观察、思考周围的世界，黄河，必是先人们基本的对象。黄河接纳了无数的沟涧溪川而形成浩洋不息的奔腾之势，必定震撼过先祖们的英灵。大禹率领天下万邦合力治水而使万流归宗，更是在形式上、思想上、制度上，完成了千年以降的"融合和一统"。这是以接纳对接纳、以融合对融合、以一统对一统的治水战争，也是一场民族团结与民族融合的革命，更是一场对于黄河的学习、实践与礼遇。

站在大历史、长时空的角度讨论黄河与黄河文明，我们发现：

正是始于农业文明的不排他的祖先崇拜，而使很多个部落最后成为一个浩荡的民族。这是人类内心的动力驱使所致，属于主观世界的一次渐进式革命。

正是因为黄河的泛滥和对天下万邦的组织与引领，才使得无数个松散的部落与氏族最后成为一个浩荡的民族。这是对历史演进的客观概述。

主观意义的祖先崇拜和客观意义的万邦统汇，构成了华夏民族之所以绳绳不息的重要因素。华者，华胥氏之女娲伏羲之华也。夏者，大禹建夏而万邦一统之夏也。华夏，之所以成为中华民族的族徽与旗帜，实肇于奔腾的黄河和悠久的文明。我们说黄河是母亲河，不仅仅指"养育"，更指的是"化育"。

三

黄河有两个标识：一是文字上的，一是地理上的。

文字上的标识穿透时空，占领的主属时间，历朝历代，垒垒如高筑之台。

地理上的标识穿透时空，占领的主属空间，大河上下，煌煌如不朽神谕。

搜集之。记录之。梳理之。研究之。这是我们必有的功课。我们的民族性格、文化心理、思想意识、精神现象，皆由此而源起。中华民族的伟大复兴皆应有此一课。记录重要的地理标识而使其文字化、数字化、抽象化；整理与研究历代的典籍，而使其清晰化、条理化、具象化。这是我们具体的方向与方法。

我们可以不做，或者浅尝辄止，像历朝历代那样，浑然于黄河之滨吗？

不能。

因为复兴之途的中华民族到了需要总结的时候。

我们要明晰我们的民族标识。

我们要准确我们的文化标识物。

包容与抗争。忍让与搏杀。博大与幽深。丰厚与锋利。阴阳表里虚实寒热。中华民族宽广幽微的精神世界皆由此而源起。

黄河里，有我们的民族属性。

尼罗河。印度河。黄河。底格里斯河和幼发拉底河。河流于茫茫时空中不息奔涌。古埃及，古印度，古巴比伦，血脉折断，高幕长谢，相继走进深渊般的历史，只留下一痕轻轻的涟漪。河水奔腾，涛声仍然。听涛的已非斯人。而跃下龙门口，穿越砥柱山的，还是那支"天下黄河几十几道湾"的船歌！这是我们的光荣与使命。

黄河，孕育了华夏文明和绳绳不息的华夏子孙，也养育了整个流域里的千亿万亿的生命，会飞的、会游的、会跑的和不会飞、不会游、不会跑的，甚至那些亿万年才可变化的山峰、石梁和岸边那一枚枚石子和沙砾。这是一个庞大的黄河家族，而黄河，是所有生命和生灵的家长。

我们是黄河的子孙。我们受赐于黄河。面对黄河，我们要有子孙的心态和子孙的思考。

四

河流产生于风云际会。如果风云际会的不是黄河，我们当然也会追上另一条河流。如果是那样，我敢保证，今天的我们肯定不是今天的样子。我不敢保证，我们不会像古埃及、古印度、古巴比伦那样高幕长谢。

历史像一条缥缈细弱的丝巾，随时都可能飘散或者折断。在时空的长路里，仅仅人类，就有过多次的飘散与折断。历久弥坚、历久弥新的，只有华夏，只有这一群黄皮肤的华夏子孙。而这群子孙的出发地和坚守地就是黄河和黄河岸边的这片黄土。

没有文字的时候，我们认那些用符号沟通天地的人为神。

不识电力的时代，我们称那些走过长空的闪电为神。

那么，从黄河到黄土，到黄帝，到黄种人，亿万斯年长流不止的河水变成一条穿越时空、奔流不息的血脉。生产。生活。生殖。生命。每一滴流出的鲜血都带有黄河嚅呐的涛声。在这个时空般生生不息的传递中，没有堪作"神明"的存在吗？怎样认识和理解？怎样继承与超越？未经证明的未必不存在。正因于此，国人才一次又一次地喊出了天地间的神秘之语：天佑中华！

黄河是人类文明史上唯一一条一直在哺育着同一个民族的大河。它像自己从无断流一样，用从无断流的黄河水哺育着一个从无断流的黄皮肤的民族。在我们的血管里，同时轰响着两道泉脉的亘古涛声。

我们要像对待伟大的先祖一样，常怀谦卑与景仰，跪下黄金般高贵的膝头。我们要从祈求、诅咒、治理甚至战胜的思考中走出来，上升为爱护黄河、保护黄河、尊崇与礼拜黄河的高度。

五

正基于此，我们组织编写了这套《黄河文库·文学黄河》。

《黄河文库》共有四部分内容，即：自然黄河，人文黄河，文学黄河，区域黄河。《文学黄河》是其规模化的起始，内容包括古代诗歌、古代词曲、古代谣谚、古代散文、神话、传说以及现代诗歌和散文等。挑选，依作品内容之质量；编排，依作者生平之先后。不以人废言，不以名取文。披沙淘金，艰难爬梳。因为我们都是黄河的子孙。

除了内容，书中还编配了两千一百余幅黄河或者与黄河有关的图片。标题图，张扬黄河；随文图，阐释黄河；而一千三百余幅页眉图，囊括了文化的、宗教的、艺术的、山石草木鸟兽虫鱼的诸多面貌。图片的内涵与张力自会溢出文字的叙述。图文并茂，互为助益，焕发出策划者与著者、编者的构想与神采。

面对黄河，我们神思飞越。

面对黄河，我们默然长醒。

这只是开始，前行的道路一定还远。

二〇二〇年八月十九日十二时卅分于豫州混沌斋初成。
廿五日午时四改。秋云如絮，七夕至矣。无不惬意。
无不舒服。感激之情沛然而生。

目　录

历史歌谣

许　由　箕山操	002
舜　帝　思亲操	004
南风歌	005
大　禹　襄陵操	006
箕　子　箕子操	007
霍里子高　箜篌引	008
孔　子　郰操	009
赵简子夫人　河激歌	011
刘　彻　瓠子歌二首	012
王　嫱　怨旷思惟歌	015
赵　整　琴歌	017
魏明帝景初中童谣	018
殷褒歌	019
后魏末童谣	020
枯鱼过河泣	021
新城谣	022
陕州市民为卢奂语	023
河中鬼踏歌	024
广陵黄冠道人歌	025
泰和八年童谣	026

南渡后汴都谣语…………………………………027
至正十年河南北童谣……………………………028
道光二十三………………………………………029
光绪十八年………………………………………030

传统歌谣

唱得黄河水倒流…………………………………032
问答歌……………………………………………033
黄河上度过了一辈子……………………………034
黄河岸上牛喝水…………………………………035
黄河里漂起一只船………………………………036
黄河里洗不净了…………………………………037
天上黄河富一套…………………………………038
黄河流水九十九道湾……………………………040
大后套成了米粮川………………………………041
天下黄河几十几道湾……………………………042
黄河船夫歌………………………………………043
黄河船夫号子……………………………………044
撑船人儿苦………………………………………046
船儿要往上河拉…………………………………047
船工苦……………………………………………048
撑船苦……………………………………………049
铜吴堡……………………………………………050
船夫号子（一）…………………………………052
船夫号子（二）…………………………………053
拉船号子…………………………………………054
船家令……………………………………………055
船夫歌……………………………………………057
扳船汉吃饭拿命换………………………………058

打鱼歌···059

黄河边上灵芝草·······································060

隔河望妹望不清·······································062

河曲保德州···063

什么人留下个走西口···································064

壶口谣···066

龙门谣···067

蒲州过河谣···068

蒲州城　真叫炫·······································069

茅津渡···070

背河汉···071

打秋千···074

挂红灯···076

黄河滚滚波浪翻·······································078

黄河阵···079

座黄河灯···080

元宵灯火歌···081

黄河滩···082

唱戏的吃四方···083

捏河泥谣···084

黄河拉纤号子···086

天河九道湾···087

天下黄河弯又弯·······································089

船工歌···090

十上宝舟···091

艄公号子（一）·······································094

艄公号子（二）·······································095

拉船歌···096

随口溜···097

伏汛···098

黄河水	099
打硪歌	100
二十八宿	101
十二贪	103
仨女婿拜寿	105
十道黑	106
黄河一泛滥	108
黄水	109
黄河决口谣	110
春天白茫茫	111
扶老携幼去逃荒	112
开封城	113
拉篷歌	114
拉纤（一）	115
拉纤（二）	116
八仙	118
纤夫曲	120

生活歌谣

小枣树	122
骂媒人婆	123
媳妇打个碗	124
婆家没有面和米	125
木锨板	127
俺想亲娘谁知道	129
请姑娘	130
十月歌	131
小红盆	135
小媳妇	136

裹小脚	137
吃嘴老婆	138
懒老婆	141
小槐树	142
小黄莺	143
皂角树	145
小红鞋	146
没娘孩真难过	147
小白菜	148
麻野鹊尾巴长	149
小黑驴儿	150
花学生	151
小板凳	152
拨灯棍儿	153
小梅花	154
小楝树	156
纺棉曲	157
泥瓦匠	159
穷光蛋	160
单改棉	161
春荒谣	162
乞讨歌	163
小长工	165
饿死饿活	166
没有秦椒不辣人	167
光棍汉	168
劝读歌	169
劝女歌	170
好儿不争庄田地	172
戒烟歌	173

小扁担	175
七月底	176
六月里	177
耳坠明	178
生不离来死不离	179
你是针	180
有句话儿口难张	181
小葫芦	182
东地撒西地撒	183
锅前走	184
腊月二十三	185
扫院歌	186
大年五更家团圆	187
二月二	188
六月初一整半年	189
乞巧歌	190
天青地黄	191
三月初一阴	192
三月怕三七	193
月亮谣	194
夏至九九歌	195
冬至九九歌	196
哭嫁歌	197
贤良媳妇人人夸	198
种棉谣	199
织布歌	200
小纺车	202
不种庄稼不发愁	203
小小篦子三寸三	205
大年初一头一天	207

还钱	208
小蒲扇	209
今年雨水大	210
大雨哗哗下	211
懒媳妇	212
粗针大麻线	213
蛤蟆搂住丈夫的腰	214
一个闺女八个郎	215
循环歌	216
正月十五闹哄哄	218
小老鼠儿（一）	219
小老鼠儿（二）	220
小老鼠儿（三）	221
小白鸡（一）	222
小白鸡（二）	223
老公鸡	224
老鼠娶亲	225
杀猪	226
小喜鹊	228
月亮走	229
扁嘴嘎嘎	230
日头落	231
教给你个曲	232
东西大街南北走	233
日头出来照西墙	234
板凳板凳摆摆	235
小门礅儿	236
一个姑娘把花绣	237
放了裹脚走四方	238
打花巴掌	239

一骨嘟蒜　两骨嘟蒜···241
货郎担叫卖歌··242
卖针谣··244
十二月菜歌··246
十二月花歌··247
卖儿谣··248
逃荒谣··249
老实话（十二月调）···250
教子歌··254
指望别人是枉然··256
一年四季一块面儿···257
采桑歌··258

古今谚语

伊洛鲤鲂　贵于牛羊··260
黄河灾　天水来··261
唇亡而齿寒　河水崩　其坏在山··261
乘船走马　去死一分··262
黄河清　圣人生··263
不见黄河不落泪··264
天下黄河富宁夏··269
三十年河东　三十年河西···270
古无门匠墓···271
三门活石坡　硬嘴狗趴窝···272
跳进黄河洗不清··273
一石水　八斗泥··273
黄河无风三尺浪　有风浪头百丈高·····································274
大河里有水小河里满　大河里没水小河里干···························274
黄河尚有澄清日　岂可人无得运时·····································275

十年河东变河西　莫笑穷人穿破衣……………………275
黄河拦不住　真理驳不倒…………………………………276
黄河向东流　一去不回头…………………………………276
高山挡不住黄河水…………………………………………277
欲知对岸事　就应过河去…………………………………277
要逮大鲤鱼　就得跳黄河…………………………………278
黄河后浪推前浪　光阴一去不回还………………………279
掌舵的不慌　坐船的稳当…………………………………280
纸人泥马过不了黄河………………………………………280
鱼跳龙门争上游　鸟飞青山望枝头………………………281
涨一回水　淤一层泥　经一回事　长一层智……………281
过黄河不怕水　走夜路不怕鬼……………………………282
小溪水浅哗哗淌　大河水深无声流………………………283
靠着大河有水吃　靠着大山有柴烧………………………283
结友要像黄河水　莫学杨柳一时青………………………284
民是黄河水　官是浪上舟…………………………………284
大江大河都过了　不想阴沟翻了船………………………285
十住河湾九家富　一家不富开当铺………………………285
快刀难斩黄河水　利剑难断家乡情………………………286
小船烂了净打净　大船烂了三千钉………………………286
就河里的水　洗河里的船…………………………………287
黄河上支泾渭汾　黄河下支伊洛沁………………………287
宁愿杨家湖洗脸　不在潘家湖洗脚………………………288
黄河九曲十八湾　湾湾里面有神仙………………………289
只见过黄河水浑　没见过黄河水清………………………290
黄河好滚翻　滚到哪里哪里淹……………………………290
黄河成了妖　水面倒比地面高……………………………291
黄河真糟糕　铜头铁尾豆腐腰……………………………291
黄河水　多变化　有时小来有时大………………………292
河边插柳　河堤长久………………………………………292

紧七慢八九消停　拉纤十天不腰疼…………………………………293
船家胆大　越撑越怕………………………………………………293
千桨万篙　比不上破篷撑腰………………………………………293
只要桨齐　不怕浪急………………………………………………294
一声号子一阵力　不喊号子力难齐………………………………294
河阴石榴郑州梨　新郑小枣甜似蜜………………………………295
黄河鲤鱼淇河鲫……………………………………………………296

历史歌谣

河源牛头骨　摄影/董保华

许由

许由,字武仲。阳城槐里(今河南登封)人,许姓始祖。死后葬于箕山,故箕山也叫许由山。

箕山操[1]

登彼箕山[2]兮瞻望天下,
山川丽崎[3],万物还普。
日月运照,靡不记睹[4]。
游放其间,何所却虑!
叹彼唐尧[5],独自愁苦。
劳心九州[6],忧勤厚土。
谓余钦明,传禅易祖[7]。
我乐如何,盖不盼顾[8]。
河水流兮缘[9]高山,
甘瓜施兮叶绵蛮[10]。
高林肃兮相错连[11],
居此之处傲尧君。

【注释】

[1]《琴操》云:"箕山操,许由作也。许由者,古之贞固之士也。尧时为布衣,夏则巢居,冬则穴处。饥者仍山而食,渴者仍河而饮。无杯器,常以手捧水而饮之。人见其无器,以一瓢遗之。由操饮毕,以瓢挂树。风吹树动,历历有声,由以为烦扰,遂取损之。以清节闻于尧。尧大其志,乃遣使以符玺禅为天子。于是许由喟然叹曰:匹夫结志,固如磐石。采山饮河,所以养性,非以求禄位也!放发优游,所以安己不惧,非以贪天下也!使者还,以状报尧。尧知由不可劝,亦已矣!于是,许由以使者言为不善,乃临河洗耳。樊坚见由方洗耳,问之:耳有何垢乎?由曰:无垢。闻恶语耳!坚曰:何等语者?由曰:尧聘吾为天子。坚曰:尊位何为恶之?由曰:吾志

在青云，何乃劣劣为九州伍长乎！于是樊坚方且饮牛，闻其言而去，耻饮于下游。于是许由名布四海，尧既殂落，乃作箕山之歌曰云云。后许由死，遂葬于箕山。"［2］箕山：山名。又名许由山。在今河南省登封东南。［3］丽崎：壮丽而峥嵘。［4］睹：看见。［5］唐尧：尧帝。五帝之一。姓伊祁，名放勋。十三岁佐帝挚。十五岁，被封于唐（今山西临汾），故称唐尧。［6］九州：冀、豫、雍、扬、兖、徐、梁、青、荆。此指天下。［7］余：我。禅：禅让。［8］盼顾：顾盼。向左右前后看。［9］缘：顺着。［10］绵蛮：绵蔓。延展伸长的样子。［11］肃：肃穆。错连：交错相连。

【赏析】

　　这是一则隐居的宣言或者广告。说自己忘情于山水，优游于林间，无心尘世，不慕浮华。"劳心九州，忧勤厚土"的唐尧又有什么值得羡慕呢！不是羡慕，而是"居此之外傲尧君"。一个"傲"字，何等的珍贵啊！

黄河源头玛多　摄影／董保华

舜帝

舜(约前2187—约前2067),轩辕黄帝八世孙。姚姓,妫氏,名重华,字都君。中华民族共同始祖之一。卒于苍梧郡,葬于九嶷山,谥号为舜,史称帝舜、虞舜、舜帝。《史记》云:"天下明德,皆自虞舜始。"

思亲操[1]

陟彼历山兮崔嵬[2],有鸟翔兮高飞。

瞻彼鸠[3]兮徘徊,河水洋洋兮清泠。

深谷鸟鸣兮嘤嘤,设置张罝[4]兮思我父母力耕。

日与月兮往如驰,父母远兮吾将安归!

【注释】

[1]《琴操》云:"舜耕历山,思慕父母,见鸠与母聚,飞鸣相哺食,益以感思。乃作歌曰。"操:琴曲名。汉刘向《别录》云:"君子因雅琴之适,故从容以致思焉。其道闭塞悲愁而作者名其曰操,言遇灾害不失其操也。"[2]陟:登。崔嵬:高耸的样子。 [3]鸠:鸟名。有云布谷之属。 [4]罝:挂。

【赏析】

舜在历山上耕作,黄河流水洋洋,群鸟歌鸣高翔,猛想起自己远方的父母也在耕作,日月往驰,快如雷电,啥时候才能回到父母的身边呢!操琴而歌,表达思念。

南风歌[1]

反彼三山兮商岳嵯峨[2],天降五老[3]兮迎我来歌。

有黄龙兮自出于河,负图书[4]兮委蛇罗沙。

案图观识兮闵天嗟嗟[5],击石拊韶兮沦幽洞微[6]。

鸟兽跄跄兮凤凰来仪[7],凯风[8]自南兮增有喟叹。

【注释】

[1]《古今乐录》云:"舜弹五弦之琴,歌南风之诗。"《史记·乐书》曰:"舜歌南风而天下治。南风者,生长之音也。舜乐好之。乐与天地同意。得万国之欢心,故天下治也。" [2]嵯峨:高耸貌。 [3]五老:五星之精。《竹书纪年·帝尧陶唐氏》云:"择良日,率舜等升首山,遵河渚,有五老游焉,盖五星之精也。" [4]图书:河图、洛书。《易·系辞》云:"河出图,洛出书,圣人则之。"神话传说,龙马负图于尧,神龟献书于禹。 [5]闵天:忧患天意。嗟嗟:感叹。 [6]击石拊韶:石,磬一类的乐器。韶:乐曲名。沦幽洞微:指对音乐的精细探讨与演奏。沦:沉入。洞:洞悉。 [7]此句的意思是:鸟兽都应节而舞。跄跄:舞蹈貌。凤凰来仪:凤凰起舞,仪容优美。 [8]凯风:和风。

【赏析】

这是一首颂歌,歌唱尧舜时代的美好。天降五老之祥瑞,河出图、书之神示。随着沦幽洞微的音乐响起,鸟兽起舞,凤凰来仪,温暖的南风徐徐而来,让人幸福不忆,感叹不已!

大禹

禹,夏后氏,姒姓,名文命或禹,字(高)密。史称大禹、帝禹、神禹,为夏后氏首领,夏朝开国君王。历史上治水英雄。禹是黄帝的玄孙、颛顼之孙。其父名鲧,因被帝尧封于崇,世称"崇伯鲧"或"崇伯"。禹治水有功,受舜禅让而继承帝位。国号夏。史称夏禹。是中国传说时代与伏羲、黄帝比肩的贤圣帝王。

襄陵操[1]

呜呼[2]!洪水滔天,

下民愁悲。

上帝愈咨[3],

三过吾门不入[4]。

父子道衰[5]!

嗟嗟!不欲烦下民,非欲伐功也[6]。

伤君莫知烦下民,

嗟乎!天非欲数烦下民[7]!

【注释】

[1]《古今乐录》曰:"禹治洪水,上会稽山,顾而作此歌。"《书》曰:"汤汤洪水方割,荡荡怀山襄陵。" [2]呜呼:发语叹词! [3]咨:征询,商量。 [4]此句为大禹自话:曾三过家门而不入。 [5]父子道衰:说未能行父子之义。皆因三过家门而不入。似有歉意。 [6]伐:夸耀自己的功劳。此句是说,不想劳烦下民,是我的本意,说这话,并不是夸耀我的功劳。 [7]嗟乎:感叹词。天非要让我劳烦下民!

【赏析】

洪水滔天,大禹的父亲鲧因治水失败而被杀死。年轻的禹再次受命治水,三过家门而不回。他本不想太劳烦天下的百姓,但治水是大事,需要天下的人都来参与。这是大禹的自我剖白,也是大禹的自我总结。于此可见其伟大的品格!

箕子

箕子,名胥余,商末人,是纣王之叔父,官太师,因封于箕,故名。纣无道,箕子谏而不用。遂佯狂为奴。周武王克商,释其囚。封其朝鲜而不臣。作《洪范》《麦秀》之诗等。建立朝鲜。流风遗韵,至今犹存。与微子、比干并称"殷末三仁"。

箕子操[1]

嗟嗟!

纣为无道杀比干[2],嗟复重嗟独奈何[3]!

漆身为厉,被发以佯狂,今奈宗庙何[4]!

天乎天哉,欲负石自投河[5]。

嗟复嗟,奈社稷何[6]!

【注释】

[1]《乐府诗集》云:"《箕子操》,一名《箕子吟》。"《史记》曰:"纣始为象箸,箕子叹曰:'彼为象箸,必为玉杯。为玉杯,则必思远方珍怪之物而御之矣!舆马宫室之渐自此始,不可振也!'乃披发佯狂而为奴。遂隐而鼓琴而自悲。"《古今乐录》曰:"纣时箕子佯狂,痛宗庙之为墟。乃作此歌,后传以为操。" [2]纣:纣王帝辛。名受,商朝末代国君。以暴虐著称。比干,也称干。因封于比地,故称比干。商王文丁庶子,纣王帝辛之叔,辅佐纣王。因直言劝谏而被纣王剖心。 [3]此句感慨强烈,却又无可奈何。 [4]此句是说自己当了奴隶,佯装疯狂,对宗庙又有什么帮助!厉:奴隶。宗庙:祖宗庙堂。此指社稷。 [5]此句再叹,天啊,天啊,我要负石自沉于黄河。 [6]嗟复嗟:嗟叹复嗟叹。社稷:和前之宗庙意思相同。

【赏析】

比干被杀,自己漆身为隶,佯装疯狂,表现出对纣王的无比愤怒与抗议。可这对祖宗的江山社稷又有什么帮助呢!天啊天啊,我要投河而死,对祖宗的江山社稷又有什么帮助呢!"嗟嗟!""嗟复重嗟!""嗟复嗟!"面对江山社稷,面对祖宗大业,中国历史上的所有叹息,唯此堪做浩叹!

霍里子高

霍里子高,朝鲜津卒。

箜篌引[1]

公无[2]渡河,公竟[3]渡河。
公堕河死,当奈公何[4]!

【注释】

[1]《琴操》云:"箜篌引者,朝鲜津卒霍里子高所作也。子高晨刺船而濯,有一狂夫,被发提壶,涉河而渡。其妻追止之,不及,堕河而死。乃号天唏嘘。鼓箜篌而歌曰云云。曲终,自投河而死。子高闻而悲之,乃援琴而鼓之,作箜篌引,以象其声。所谓《公无渡河》曲也。"引:一种乐曲体裁。有序曲之意。《箜篌引》又名《公无渡河》。 [2]无:不要。 [3]竟:竟然。有出乎意外之意。 [4]奈公何:奈何公。有何办法。

【赏析】

　　一条千年流淌的大河。一个晨光初绽的早晨。一个执意渡河的男人。一个阻之不及的女人。演绎了一曲千古绝唱。四句四"公",四句三"河"。满篇都是哭泣的声音,只未见悲伤哭泣的女子。因为,这女子哭完投河自尽,追寻她心上的亲人去了。淹死者多,哭泣者多,唯有此哭感天动地。

孔子

孔子（前551—前479），子姓，名丘，字仲尼，鲁国陬邑人。中国古代思想家、教育家，儒家学派创始人。

聊操[1]

周道衰微，礼乐陵迟[2]。

文武[3]既坠，吾将焉归！

周游天下，靡[4]邦可依。

凤鸟不识，珍宝枭鸱[5]。

眷然顾之，惨然心悲。

巾车命驾，将适唐都。

黄河洋洋，攸攸之鱼[6]。

临津不济，还辕息聊[7]。

伤予道穷，哀彼无辜。

翱翔于卫[8]，复我旧庐。

从吾所好，其乐只且[9]。

【注释】

[1]《孔丛子》云："赵简子使聘孔子，夫子将至焉，及河，闻鸣犊与窦犨之见杀也，回舆而旋，之卫使聊，遂为操曰。"《琴操》："《将归操》者，孔子之所作也。"所以，《聊操》又名《将归操》。鸣犊和窦犨都是赵国的贤臣，所以孔子听说二人被杀，就扭头而返，再之卫国。 [2]陵迟：衰落。 [3]文武：文武之道。 [4]靡：无。 [5]珍宝枭鸱：以枭鸱为珍宝。枭鸱皆为猛禽，此以枭鸱喻杀戮。 [6]黄河洋洋，攸攸之鱼：河浩荡而流，鱼攸然而游。感叹自身，暗喻志向。 [7]聊：鲁国之地。孔子老家。 [8]卫：春秋时的卫国。卫为鲁国的邻国，此时孔子在卫，但不被重视。 [9]只且：助词。意犹"而也"。

【赏析】

　　此诗虽云孔子作，也有考证不予认可。但如果说此诗表达了孔子当时的心情和后来的行动，当是肯定不错。孔子受邀前往，在黄河岸边听说赵国的贤臣鸣犊和窦犫被赵简子杀害，立即停止前去的脚步而返身回到了原来的住地。表明了孔子对"文武既坠"的强烈抗议。此诗虽有哀叹之音，确乎为中华民族坚持正义、反对不义的一首战歌。

太行山　摄影 / 王伟

赵简子夫人

赵简子夫人,名娟,生活于约公元前490年。

河激歌[1]

升彼河[2]兮而观清。

水扬波兮杳冥冥[3]。

祷求福兮醉不醒。

诛将加兮妾心惊。

罚既释[4]兮渎乃清。

妾持楫兮操其维。

蛟龙助兮主将归。

呼来櫂[5]兮行勿疑。

【注释】

[1]《古列女传》云:"赵津女娟者,赵河津吏之女,赵简子之夫人也。初,简子南击楚,与津吏期。简子至,津吏醉卧不能渡。简子欲杀之。娟惧,持楫而走。对曰:妾父闻主君来渡不测之水,恐风波之起,水神动骇,故祷祠九江三淮之神,供具备礼,御釐受福,不胜玉祝杯酌余沥,醉至于此。君欲杀之,妾愿以鄙躯易父之死。简子曰:非女之罪也!遂释不诛。简子将渡,用楫者少一人,娟攘袂掺楫而请曰:妾愿备父持楫!遂与渡。中流为简子发河激之歌。其辞曰云云。简子大悦曰:昔者不穀梦娶妻,岂此女乎!将使人祝祓以为夫人。娟再拜而辞曰:夫妇人之礼,非媒不嫁。严亲在内,不敢闻命。遂辞而去。简子归,乃纳币于父母。而立以为夫人。" [2]河:黄河。 [3]冥冥:雾蒙模糊。 [4]释:取消了对津吏的诛杀令。 [5]櫂(zhào):同棹,划船的工具,同船桨相似。

【赏析】

此歌是津吏女娟在划船中唱给赵简子的。歌词明朗,表现出歌者孝顺、明理而又勇敢果断的性格。

刘彻

刘彻(前156—前87)即汉武帝。西汉有作为的皇帝,在位五十四年,将汉朝推至全盛时期。他还能诗善赋,招揽四方文士,建立乐府。原有集两卷,已佚。

瓠子歌二首[1]

瓠子决兮将奈何?皓皓旰旰兮闾殚为河。[2]

殚为河兮地不得宁,功无已时兮吾山平[3]。

吾山平兮钜野[4]溢,鱼沸郁兮柏冬日[5]。

延道驰兮离常流[6],蛟龙骋兮方远游[7]。

归旧川兮神哉沛[8],不封禅兮安知外[9]!

为我谓河伯[10]兮何不仁,泛滥不止兮愁吾人。

啮桑浮兮淮泗满[11],久不反兮水维缓[12]。

【注释】

[1]瓠(hù户)子:瓠子河,古水名。自今河南濮阳南分黄河水东出经山东注入济水。汉元光三年(前132),黄河决入瓠子河,东南由钜野通于淮泗,梁、楚一带连岁受灾。元封二年(前109),汉武帝征发数万人堵塞决口,并亲临现场,将白马、玉璧投入水中祭祀河神,作《瓠子歌二首》。工成,在河堰上筑了宣房宫。 [2]皓(hào浩)皓旰(hàn瀚)旰:一作"浩浩洋洋",形容水势盛大的样子。闾:闾里,乡里。殚:尽。这句是说,乡里都被盛大的洪水淹没了。 [3]功:通"工",指治河工程。吾:我。山平:指凿山填河事。一说"吾(yú)山",即鱼山,在山东省东阿县,临近黄河。 [4]钜野:钜野泽,又名大野泽,在山东省巨野县北。 [5]沸郁:翻涌纠结的样子,是说鱼众多。柏冬日:柏通"迫"。是说时已近冬,洪水还在泛滥。 [6]延:一本作"正"。驰:毁坏。此句是说,正道毁坏了,河水离开了常流的地方。 [7]蛟龙:古代传说中的一种动物,因形似龙,故称蛟龙。方:一本作"放"。此句是说,河水泛滥,蛟龙恣意奔腾,放任远游。 [8]沛:滂沛,盛大壮阔的样子。神哉沛:神佑滂沛。在汉武帝看来,水归旧道,群害消除,是因为神佑滂沛,上苍保护。 [9]封禅:帝王祭天地的典礼。在泰山上筑坛祭天,称封;在泰山下梁

父山上辟场祭地，称禅。汉武帝这次是刚从泰山封禅后而来。外：指京城外。这句是说，不出去行封禅之祭，怎么能知道京城外的事情。[10] 河伯：黄河神。[11] 啮桑：地名，在今江苏沛县西南。浮：为河水所漂浮。淮：淮河。泗：泗水。[12] 水维：水的纲维，即黄河水。此句是说，泛滥的河水久不返回河道，水势就会因之而缓慢。

河汤汤兮激潺湲[13]，北渡污兮浚流难[14]。
搴长茭兮沈美玉[15]，河伯许兮薪不属[16]。
薪不属兮卫人罪[17]，烧萧条兮噫乎何以御水[18]！
颓林竹兮楗石菑[19]，宣房[20]塞兮万福来。

【注释】

[13] 汤（shāng）汤：大水急流的样子。激：激起，指水势被阻。潺湲：水势激流的样子。[14] 污：一本作"回"，即回来。浚（jùn）：一本作"迅"。此句是说，河水迅疾，北渡不能。[15] 搴（qiān）：取，拿。茭：用竹篾或芦苇编成的绳索。长茭：用来捆柴草的大绳索。沈：沉。美玉：指汉武帝亲临塞河工程时举行的祭礼，即把白马、玉璧投到河中祭祀河神一事。搴长茭：指堵河事；沉美玉：指祭祀事。[16] 属（zhǔ）：接连。此句是说，行礼祈神之后，河神都应许不再发水了，但塞河的柴草却不能接连供给。[17] 卫人：东郡人。武帝命自将军以下的随臣都去背柴草塞河，决口处用竹子一排排地打桩。然后填上土石、柴草。东郡人当时都烧柴草起火，因此柴草缺乏，供应不上。工程进展困难。所以说柴草供应不上那是卫人的罪过。[18] 烧萧条：指柴草烧尽的一派冷落景象。噫（yī）乎：感叹词。何以御水：用什么堵河防水。[19] 颓：倒塌。这里是砍倒的意思。楗（jiàn）：打入河中的柱桩。菑（zī）：树立，插入。楗石菑：就是把大竹打入河中，然后再填塞土石柴草。[20] 宣房：宣房宫。堵河完工后，汉武帝在新堤上所建，故址在今河南濮阳县西南。

【赏析】

　　这两首诗生动地记述了西汉时期一次规模宏大的治河史实。浩浩汤汤的黄河水冲决堤防，注入钜野大泽，又南夺淮河、泗水，村巷间里，一派汪洋，沿河人民二十余年饱尝水灾之苦。

　　汉武帝征发数万人堵塞瓠子决口，并亲临工地，沉白马、玉璧以祭河神。"下淇园之竹"，命随臣自将军以下全部搬运柴草参加施工。值得注意的是，这次堵河所用方法为"颓竹林""楗石菑"。东汉人如淳解释说："树竹塞水决之口，稍稍布插接树之，水稍弱，补令密，谓之楗。以草塞其里，乃以土填之；有石，以石为之。"（《史记·河渠书注》）意即用大竹或巨石，沿决口横向插入河底作柱，由疏而密，待决口水势减弱，再填以草料，压上土石。这种方法颇似近代使用的桩柴平堵法。可见两千多年前，劳动人民就已经拥有了很高的堵水治河技术。

小浪底　摄影／孟宪明

王嫱

王嫱(约前52—前19),西汉词人,字昭君,西汉南郡秭归(今湖北省宜昌市兴县)人。西汉元帝建昭元年(前38),以民间女子身份被选入掖庭。入宫后,由于不肯贿赂画师毛延寿,毛丑画其像,遂不得入选后宫。竟宁元年(前33)正月,匈奴呼韩邪单于来朝,请求汉女为妻。元帝遂将昭君赐给呼韩邪单于。昭君和亲匈奴,被封为宁胡阏氏。公元前19年病逝于匈奴,葬于大黑河南岸。其墓地在今内蒙古自治区呼和浩特市城南大黑河畔。王昭君与西施、貂蝉、杨玉环并称为古代四大美女,有"落雁"之美。

怨旷思惟歌[1]

秋木萋萋[2],其叶萎黄。

有鸟爰止,集于苞桑[3]。

养育毛羽,形容生光。

既得升云[4],获侍帏房[5]。

离宫[6]绝旷,身体摧藏[7]。

志念幽沉[8],不得颉颃[9]。

虽得餧食[10],心有徊徨[11]。

我独伊何,改往变常[12]。

翩翩[13]之燕,远集西羌[14]。

高山峨峨,河水泱泱[15]。

父兮母兮,道里[16]悠长。

呜呼哀哉[17],忧心恻伤[18]。

【注释】

[1]《琴操》云:"王昭君者,齐国王襄女也。昭君年十七时,颜色皎洁,闻于国中。襄见昭君端正闲丽,未尝窥看门户,以其有异于人。求之皆不与,献于汉元帝。以地远,既不幸纳,叨备后宫。积五六年,昭君心有怨旷,伪饰其形容。元帝每历

后宫，疏略不过其处。后单于遣使者朝贺，元帝陈设倡乐，乃令后宫妆出。昭君怨恚日久，不得侍列，乃更修饰，善装盛服，形容光辉而出。俱列座。元帝谓使者曰：单于何所愿乐？对曰：珍奇怪物，皆悉自备，惟妇人丑陋，不如中国。帝乃问后宫，欲以一女赐单于，谁能行者起。于是昭君喟然，越席而前曰：妾幸得备在后宫，粗丑卑陋，不合陛下之心，诚愿得行。时单于使者在旁，帝大惊悔之，不得复止。良久太息曰：朕已误矣！遂以与之。昭君至匈奴，单于大悦，以为汉与我厚。纵酒作乐，遣使者报汉。送白璧一双，骏马十匹，胡地珠宝之类。昭君恨帝始不见遇，心思不乐，心念乡土，乃作《怨旷思惟歌》。"［2］萋萋：草木茂盛的样子。［3］苞桑：丛生的桑树。［4］升云：高空的云彩。比喻到了皇宫。［5］帏房：皇宫内室，密室。［6］离宫：指在国都外为皇帝修建的永久性居住的宫殿。也泛指皇帝出巡时的住所。［7］摧藏：摧伤，挫伤。［8］幽沉：压抑沉沦。［9］颉颃（xié háng）：鸟儿上下翻飞。鸟上飞为颉，下飞为颃。［10］餧食：喂养。［11］徊徨（huái huáng）：徘徊彷徨。形容惊悸不安或心神不定。［12］改往变常：改变往常，跟平常不一样，跟常人不同。指自愿嫁给单于。［13］翩翩：鸟飞舞的样子。［14］西羌：西部的羌族。［15］峨峨：山体高大陡峭。泱泱：水势浩瀚的样子。［16］道里：路程。［17］呜呼哀哉：表示哀痛的感叹语。［18］恻伤：悲伤。

【赏析】

　　此为王昭君和亲匈奴时所写所唱。叙说自己一个民间美少女入选进宫、受冷落、自请和亲的经历。就要离开家乡了，或许以后再也不能回来，看着巍峨的高山、壮美的黄河，想起父亲、母亲和家乡亲人，心里留恋不舍，离情别绪涌上心头。"呜呼哀哉，忧心恻伤"抒发了她深深的悲苦哀伤之情。歌词悲伤哀婉，感情真挚细腻，语言准确恰当，极富感染力。作者是个有貌、有才、有独立思想的奇女子。

赵整

赵整,前秦人,清水人。苻坚时历官武威太守、秘书侍郎。苻坚有过,则以诗谏。苻坚死,遂循于商洛山,研究经律以终。

琴歌[1]

昔闻明津河[2],千里作一曲[3]。
此水本自清,是谁乱使浊[4]!

【注释】

[1]据《晋书·逸文》记载:苻坚末年,怠于为政,赵整援琴作歌二章以讽。其为二章之一。 [2]明津河:黄河。 [3]古人认为,黄河有九曲,一曲一千里。 [4]此句是说,黄河水本是清的,是谁让它变浊了?古人有"黄河清,圣人生"的说法。此处是对苻坚的批评与提醒。

【赏析】

黄河来天上,一曲一千里。本来天上的水是清澈的,为什么现在混浊了呢?诗人以黄河水作喻,提醒苻坚要振作起来,不要怠于政务,让这个世界变得越来越混浊。

魏明帝景初中童谣[1]

阿公[2]阿公驾马车,
不意阿公东渡河。
阿公东还当奈何。

【注释】

[1]《宋书·五行志》记载:"魏明帝景初中童谣。及宣王平辽东,归至白屋,当还镇长安。会帝疾笃,急召之。乃乘追锋车东渡河。终翦魏室,如童谣之言也。"魏明帝:名曹叡(204—239),字元仲,沛国谯县(今安徽亳州)人。曹魏第二位皇帝。魏文帝曹丕长子。曹叡在位期间指挥曹真、司马懿等人成功防御了吴、蜀的多次攻伐,平定鲜卑,攻灭公孙渊,在军事、政治和文化方面都颇有建树,但在统治后期大兴土木,广采众女,因此留下负面影响。景初三年(239),曹叡病逝于洛阳,时年三十六岁,庙号烈祖,谥号明帝,葬于高平陵。曹叡能诗文,与曹操、曹丕并称魏氏"三祖"。景初是其年号。 [2]阿公:对老年男子的尊称。从童谣的指向看,当指司马懿。

【赏析】

孩子的童谣本当不得真,但如果有人故意利用了孩子天真无邪的歌声,那当然另属一事。此谣句句押韵,朗朗上口,非常适合孩子们传唱,是古代童谣中优秀的一首。

殷褒歌[1]

荥阳令，有异政[2]。
修立学校人易性[3]。
令我兄弟耻讼争[4]。

【注释】

[1]殷褒歌：《古谣谚》中名此为《荥阳民为殷褒歌》。据《殷氏世传》记载：殷褒为荥阳令，广筑学馆，会集朋徒，民知礼义，乃歌曰，云云。殷褒，生卒年月不详，字元祚（一说符祚），三国时期魏国陈郡长平（今河南西华县）人。曾任魏国章武太守，西晋荥阳令，兴修水利，导水黄河，广筑学馆，百姓争颂，政声颇佳。[2]异政：异常好的施政。[3]人易性：使人改变好斗无礼的性情。[4]令：让。耻讼争：百姓识礼，以诉讼、争执为耻。

【赏析】

此歌用近乎直白的词句颂扬了殷褒作为荥阳令而给老百姓带来的精神变化。修建学校，变人性情，让人们知道何为荣耀，何为耻辱。精神的提升也是尊严的提升。人们禁不住引吭高歌、颂扬光明。

青海省兴海大米滩　摄影/董保华

后魏末童谣[1]

一束藁,两头然[2],
河边羖(羊歷)[3]飞上天。

【注释】

[1]《北史·齐本纪》记载:"后魏末,文宣未受禅时有童谣。按藁然两头,于文为高。'河边羖(羊歷)'为水边羊。指帝名也!于是徐之才劝帝受禅。"后魏,也称东魏。最末一帝为孝敬帝元善见。文宣:文宣帝高洋(526—559),字子进,鲜卑名侯尼于(一作侯尼干),原籍渤海蓨县(今河北景县),因生于晋阳,一名晋阳乐。北齐开国皇帝。东魏孝敬帝天平二年(535),拜散骑常侍、骠骑大将军等职,之后历任左仆射、尚书令等一系列要职,受到其兄高澄的重用。武定七年(549),长兄高澄遇刺身亡,高洋遂趁机继续执掌朝政,被魏帝封为丞相、齐王。武定八年(550),高洋迫东魏孝敬帝禅位,遂登基称帝,改国号为齐,史称北齐。文宣帝高洋在位初期,励精图治,厉行改革,劝农兴学,编制齐律。屡次击败柔然、突厥、契丹,出击萧梁,拓地至淮南。投杯而西人震恐,负甲而北胡惊慌,怀有圣主气范,被称为"英雄天子",为北齐一代英主。执政后期以功业自矜,纵欲酗酒,残暴滥杀,大兴土木,赏费无度,最终饮酒过度而暴毙,终年三十四岁。庙号显祖,谥号文宣皇帝。徐之才:与高洋同时之医学名家。五岁诵孝经,十三岁被召为太学生,后为北朝所俘,官至尚书令,爵至西阳王。会说话,善对答。深得皇宫中人喜欢。 [2]然:燃。一束"藁",两头燃。藁即为"高"。 [3]羖(羊歷):公羊。河边的公羊,即为男"洋"。不是高洋是谁呢?

【赏析】

这是一首很容易理解的谶谣。再加上是善于察言观色又会给人看病的名医劝进,身为朝中重臣、独揽大权的宰相一点头,还有谁敢不同意呢?有天意,有人愿,水到而渠成。禅让大礼于是就顺利举行了。

枯鱼过河泣[1]

枯鱼过河泣,

何时悔复及[2]。

作书与鲂鱮[3],

相教慎出入[4]。

【注释】

[1]这是一首产生于汉代的寓言诗。写枯鱼过河时的悔恨哭泣,用鱼拟人以警告世人。 [2]此句表明枯鱼之后悔莫及。 [3]作书:写信。鲂鱮:皆鱼名。曾为枯鱼的伙伴。 [4]此句是说出入要小心谨慎,莫像自己这样被抓住。

【赏析】

这是一首寓言诗。想象奇特,寓意深刻。全诗以枯鱼写信的形式表现了自己的无奈和对伙伴的真诚劝告。语言质朴、形象,极富浪漫主义特色和高超的艺术表现力。

新城谣[1]

河水[2]清复清。
苻坚[3]死新城。

【注释】

[1]此谣是苻坚活着时流传在民间的歌谣。《晋书·五行志》有载。苻坚为姚苌所杀，果然是在新城。谣谶成真。从后边老百姓对苻坚的爱戴情况看，这谶谣或许是一个善意的警告或提醒。 [2]河水：黄河水，河指黄河。 [3]苻坚（338—385），字永固，小字文玉，略阳临渭人，氐族。十六国时期前秦第三位国君。自小崇尚汉文化，在位时期，诛暴君，用能臣。兴修水利，励精图治，开创了五胡十六国治世。史称"关陇清晏，百姓丰乐"。在淝水之战中败于东晋。为后秦武昭帝姚苌所害，临死前面不改色，怒斥姚苌卑劣行径，誓死不让玉玺落入羌人之手，自缢而亡，终年四十八岁。身后被三个国家共同追封谥号，尊上谥秦宣昭皇帝、文昭皇帝、壮烈天王，庙号秦世祖。后被道家追封为神祇，建祠以避瘟疫，称为苻王爷、苻家神，并于每年正月初二以太牢奉之，称为祭苻家神。

【赏析】

一首谶谣，猛一看，似乎是某些人所做的阴谋或者一个经常被利用的迷信行为，但仔细分析，谶谣和谶谣的意义和价值是不相同的。此谣就有警告或者提醒苻坚的意思。周朝时，朝中经常派人去民间"观风"，搜集谣谚，这可不仅仅是一种猎奇，它也体现了统治者高度的智慧和敏感。

陕州市民为卢奂语[1]

不须赛神明,不必求巫祝[2]。

尔莫犯卢公[3],立便有祸福。

【注释】

[1]陕州:今属河南省三门峡市。周初为周公、召公分治处。唐时常置观察使、节度使、防御使等,治所即在州里。卢奂(691—758),唐朝大臣。字美轮。滑州灵昌(今河南滑县西南)人,是唐玄宗宰相卢怀慎之子。据《开元天宝遗事》记载:卢奂为陕州刺史,严毅之声,闻于关内。玄宗次陕州,顿。知奂有神政,御笔赞于厅事:斯为国宝,不坠家风。陕州之民多淫祀,士民相语曰,云云。 [2]赛神明:还愿、酬神等。巫祝:从事沟通鬼神的职业者。 [3]卢公:卢奂。

【赏析】

陕州处在黄河岸边,鬼斧神工的三门峡即在此地。灾难多,祭祀多,巫祝多。所谓"淫祀"即是此弊。卢奂勤于政务,治理有方,很得老百姓欢迎。于是,便有了这首流传千年的民间歌谣。

河中鬼踏歌[1]

河水流溷溷[2],
山头种荞麦[3]。
两个胡孙[4]门底来,
东家阿姨决一百。

【注释】

[1]据《河东记逸文》记载:"长庆中,有人于河中舜成苑鹳雀楼下见二鬼,各长三尺许,青衫白裤,连臂踏歌曰,云云。言毕而没。"河,即黄河。河中,即河中府,唐时重镇。长庆,是唐穆宗李恒的年号。李恒(795—824),原名李宥,唐朝第十二位皇帝,在位共五年。在位期间,宴乐过多,畋游无度。宰相萧俛、段文昌缺乏远见,认为藩镇已平,应当消兵。不久,河朔三镇复叛,躲藏军士纷纷归附三镇。长庆四年驾崩于寝殿,在位五年,死时尚不满二十九岁。鬼踏歌:唐时人迷信,鬼踏歌而唱,非妖孽而何! [2]溷溷(hùn hùn):浪激水流的样子。 [3]荞麦:一年生草本植物,成熟期七十五天,北方可一年两季。此处暗喻北人。 [4]胡孙:猴子的别称。此"胡"即彼"胡",暗喻北方胡人。

【赏析】

鬼不可见,而此时见鬼。鬼不可闻,而此时见闻。不但见闻,还唱着歌。不但唱歌,还颇含深意。这就让人警惕了。可是,年轻的穆宗不仅没警惕,还以为藩镇已平,应该消兵。于是,灾难不可避免地出现了。此歌与其说是鬼唱歌,倒不如说是民众在提醒当朝统治者,不要让老百姓再次陷入水深火热的战争之中了。

广陵黄冠道人歌[1]

盟津鲤鱼肉为角[2]，濠梁[3]鲤鱼金刻鳞。

盟津鲤鱼死欲尽，濠梁鲤鱼始惊人。

横排三十六条鳞，个个圆如紫磨真。

为甚竿头挑着走，世间难得识鱼人。

【注释】

[1]宋人史温《钓矶立谈》云："吴王称号淮南，时广陵殷盛，士庶骈阗。忽一旦有黄冠道人，状如病狂，手持一竿，竿首挂一木，刻为鲤鱼形，自云钟离人也。行歌于世，云云。又云，云云。大率如此者凡数十篇。时人莫能晓。岁余忽不知所止。其后武义年中，江南谣言又有'东海鲤鱼飞上天'之语。及烈祖受命，复姓李氏，立唐社稷，其言方验。叟（《钓矶立谈》作者自称叟）曰：鲤之与李声相通，鱼而肉角，则龙矣。虽以金刻鳞，犹为鱼也。江南虽为强国，而以偏霸终焉，鱼之象也。由是观之，濠梁胄出盟津，厥有旨哉！"由此可知，此为一首谶语之谣。 [2]盟津：孟津。旧址在河南孟津县东。史载武王伐纣，不期而遇八百诸侯即在此处。因此得名。肉为角：暗喻为龙之意。 [3]濠梁：濠上。《庄子·秋水》记载庄子和惠子辩"鱼乐"之处。后以濠上为逍遥闲游之所。

【赏析】

这是一首以黄河鲤鱼为主要载体的谶语歌谣。此类歌谣在中国史籍中不绝如缕。鲤鱼跳过龙门即为龙。盟津又是武王伐纣前的重要试探。所以，用"盟津"而不用孟津，用"鲤鱼"而不用他鱼，用"肉为角"加强暗示，以此来达到隐晦、神秘的效果。

泰和八年童谣[1]

易水[2]流,汴水[3]流,

百年易过又休休。

两家[4]都好住,

前后总成留。

【注释】

[1]泰和:金章宗完颜璟的年号。泰和八年,即公元1208年。据《金史·五行志》记载:泰和八年八月,时又童谣云。至贞祐中,举国迁汴。 [2]易水:河流名。在河北省西部。源出易县境,入南拒马河。金兵起自北方,此为代称。 [3]汴水:也叫汴河、汴渠。其上流经黄河水而东。经郑州、开封、商丘,而后合泗水入淮河。 [4]两家:汴京在北宋时,为宋之首都。此时已属金国。贞祐二年(1214)三月,蒙金议和,金宣宗南迁到汴京。此举触怒蒙古,战争再起。金朝连败,每况愈下。

【赏析】

此谣预言了几年后的战争形势。易水在北方,原属金国。汴水在南方,原属宋国。而古都汴京,原是宋朝的国都,百年流过,将要再次更换主人了。从泰和八年到贞祐二年,也就是短短的六年时间,竟然应验了。可见民间预言的洞悉力是何等的敏锐!

南渡后汴都谣语[1]

天下归汴[2],
复见太平。

【注释】

[1]据宋人清煇《清波杂志》记载:"建炎初,从臣连南夫奏札,言女真终不能为国家患。向者黄河圮决,几至汴京。都人欲导水入汴,谣语云。于此亦可见遗民思汉之心。"从臣:跟着宋朝皇帝南逃的大臣。南连夫(1085—1143),字鹏举,号一阳,应山(湖北广水)人,政和二年进士,历任司理参军、教授、主簿、府尉,后除雍正礼制局检讨、殿前文籍校书郎。宣和间曾以太常少卿两次出使金国。使归,迁秘书郎暨起居舍人;后拜中书舍人,除右文殿修撰知濠州。靖康二年造徽猷阁待制;建炎三年擢显谟阁学士知建康府安抚使,兼建康府、宣、徽、太平州广德军制置使。因上书反对和议,力主抗战恢复。秦桧大恶之,谪之泉州,自此渐退仕途。后携眷出走,至当前繁衍生息,自成望族。南渡:宋高宗渡过长江,建都临安。史称南宋。因是从北渡江,故有此称。 [2]汴:汴京。今开封。当时已经被金国占领。

【赏析】

南连夫是一位一直主张抗击金兵的大臣。所以他在奏事中也多引有利抗金的材料。此谣虽只有两句,但却有力地表现了汴京一带的北方民众渴望汉帝复归的强烈意愿。当汹涌的黄河水就要进入城市的时候,老百姓却唱出了这样充满希望的歌谣,着实让人感动。

山西偏关老牛湾 摄影/董保华

至正十年河南北童谣[1]

石人有双眼[2],

挑动黄河[3]天下反。

【注释】

[1]《元史·五行志》记载:"至正十年,河南北童谣云。"《河渠志三》曰:"至正四年夏五月,黄河暴溢,朝廷患之,访求治河方略。九年,乃命集群臣议廷中。惟都曹运使贾鲁昌言必当治。十一年四月初四日,命鲁以工部尚书为总治河防史。十一月水土工毕,河乃复故道。先是,岁庚寅,河南北童谣云,云云。及鲁治河,果于黄陵冈得石人,一眼。而汝颍之妖寇乘时而起,议者往往以为天下之乱,皆由贾鲁治河之役,劳民动众之所致。殊不知,元之所以亡者,实基于上下因循,狃于晏安之习,纪纲废弛。风俗偷薄。其致乱之阶,非一朝一夕之故,所由来久矣!设使贾鲁不兴是役,天下之乱,岂无从而起乎!"所引即说明了此谣的社会基础。至正十年:公元1350年,此为庚寅年。 [2]石人有双眼:据载于黄陵冈所得石人,仅有一只眼。所以,也有书说"石人一只眼"的。 [3]挑动黄河:黄河是不会被挑动的。之所以有此言,恰在语言神奇的"含糊"中。

【赏析】

又是一则谶谣。

谶谣在中国历史上屡有爆炸。虽然不能屡屡得逞,但所造成的社会及时代影响实在不可小觑。元末的那一场农民起义,实赖此谣的助力而大兴其势。秦末曾有过"大楚兴,陈胜王"的神秘狐语,想来也一定启发和教导过后来的元人。

道光二十三[1]

道光二十三,黄河涨上天[2]。
冲走太阳渡[3],捎带万锦滩[4]。

【注释】

[1]道光:清宣宗爱新觉罗·旻宁(1782—1850)。原名绵宁,即位后改为旻宁。年号道光。是清朝唯一以嫡长子身份继承皇位的皇帝。在位期间,整顿吏治,力行节俭,颇有政绩。但终因才略有限,社会弊端积重难返,使清王朝陷入危机。道光三十年(1850)驾崩。终年六十九岁。庙号宣宗。道光二十三,即公元1843年。 [2]黄河涨上天:这一年在黄河中游下了一场大暴雨。黄河干流潼关至小浪底河段出现千年来的最高洪水位,被史学家称为"千年一遇"。黄河两岸居民对此次洪水的灾难有着深刻的记忆。其歌谣便是产生并流传的见证。 [3]太阳渡:此渡是一个古老的渡口,位于黄河北岸平陆县境内。古人多有诗词吟诵。明代学者薛瑄曾赋诗《陕州渡河》:"飞楫太阳渡,回头召伯祠。水平风势缓,山晓日光移。九曲来天汉,三门涌地维。匆匆此按节,何以答明时。" [4]万锦滩:在黄河南岸。清朝时是记录、测量水位的"志桩"所在地。据史料记载,至少在乾隆年间就有万锦滩志桩的记录了。现已淹没在三门峡水库中。

【赏析】

道光二十三年,一场千年一遇的超大黄河水从中游滚压而来,北岸著名的古渡太阳渡被水冲毁,南岸负责监视和测量水位的万锦滩也捎带着冲走了。中原民谣有一个显著特点,就是她具有博大的幽默感。这种幽默感是幽默中最高级的"软幽默"。不着痕迹,不动声色。试想,这么大的洪水,该是多大的灾情,该有着多少难言的苦难。但它都不说,只说渡口被"冲走"了!那个建造着"志桩"所在地的万锦滩被"捎带"走了。万锦滩是可以被"冲走"的,"太阳渡"只是被淹没,它不可能被冲走。如果不了解"万锦滩"的作用,你就不明白这首歌谣其中的幽默。

光绪十八年[1]

光绪十八年,山西遭大旱。

后套[2]那地方,挖渠给管饭[3]。

【注释】

[1]光绪十八年:公元1892年。这是一首流传于内蒙古河套地区的汉族歌谣。[2]后套:内蒙古后套。黄河在内蒙古自治区境内,从巴彦淖尔市磴口县至包头东之间的一段,称为后套。[3]挖渠给管饭:这句话说到一个开发黄河的传奇人物王同春。王同春(1852—1925),俗名瞎进财,字浚川,邢台县东石门村人,他是我国近代黄河后套的主要开发者之一。王同春出生在一个破落的商业地主家庭。五岁患痘,一目失明。七岁入塾读书,因家境贫困,仅就读半年即辍学。之后随父到塞外谋生,被族叔王成收为嗣子。光绪七年,王同春借银两租得蒙古某喇嘛地若干顷,自凿渠引黄河水浇灌。渠初名王同春渠,后改名为义和渠。该渠越开越长,他在名叫隆兴昌的地方,起筑房屋,后发展成为后套地区的五原县县城。在几十年的时间里,王同春在后套先后开凿了沙河渠、刚目渠、丰济渠、灶王河等。后又受清政府委托开凿永济渠,该渠为后套第一大渠。黄河水利的开发,使农业得到了迅速发展。后套地区成了渠道纵横、田畴相连、桑麻遍野的膏腴之乡。王同春在开发过程中,其家境也迅速致富。据光绪三十年时统计,他拥有田地上万顷,自设牛犋27处,一年可收粮二十余万石。光绪十七年(1891)之后,他先后四次共调出粮食九万五千余石到晋、察、冀、陕等省救助旱灾。光绪十八年的救灾,他采用了以工代赈的方法,让灾民开挖河渠,让灾民吃饱饭。

【赏析】

一首朴素的歌谣唱出了天样大的愿望:吃饱饭,不饿死。歌谣没有点出治河英雄王同春的名字,但所有的歌唱者都知道,歌谣的主人公就是他。"山西"和"后套",这两个本不相关的地名,却因为一个"饭"字连在了一起。而这个管饭的人,就叫王同春。

传统歌谣

青藏高原图 摄影/王伟

唱得黄河水倒流[1]

山歌不唱冷秋秋[2],

唱个山歌解忧愁。

解得忧来解得愁,

唱得黄河水倒流。

【注释】

[1]这是流传于四川通江县一带的山歌。1983年由黄定中采录于能江县杨析乡光明村。演唱者为余明星。 [2]冷秋秋:方言。秋秋,形容冷之情状。

【赏析】

黄河奔腾向前,不可止息,更不可能倒流。唱歌人极言山歌之威力,"唱得黄河水倒流"。夸张而可爱!

青海玛多黄河乡的湿地 摄影/董保华

问答歌[1]

什么生来头戴冠,
大红锦袍身上穿?
什么生来肚皮大,
手脚不分背朝天?
什么有嘴不说话?
什么无嘴闹喳喳?
什么有脚不走路?
什么无脚走千家?

鸡公生来头戴冠,
大红锦袍身上穿。
母猪生来肚皮大,
手脚不分背朝天。
菩萨有嘴不讲话,
铜锣无嘴闹喳喳。
财主有脚不走路,
铜钱无脚走千家。

【注释】

[1] 这首歌谣是黄河船工和纤夫搬船或硪工打硪时唱的号子,流传于四川一带。口述者为四川省盐亭县的李文平。选自李富中编著的《黄河号子》。

【赏析】

这是首问答歌。问答歌又称问答调、对歌、盘歌,设问作答的形式结构、有问有答是它的基本特征。是一种适合集体吟唱的歌谣形式,而且有猜谜的成分在里边,更能引起人们的兴趣,在民间歌谣中应用非常广泛。

黄河上度过了一辈子[1]

黄河上度过了一辈子,
浪尖上耍花子[2]哩。
我双手摇起了桨杆子[3],
就像是天空里的鹞子[4]。

【注释】

[1]这是一首甘肃民歌,一首唱在黄河上的船夫曲。由王绍明演唱,刘尚仁于1980年12月在临夏县城关采录。 [2]耍花子:放花子。花子,春节时燃放的烟火。放花子的人叫耍花子。黄河里浪花激射,歌唱者说是在耍花子。 [3]桨杆子:船桨。 [4]鹞子:学名雀鹰。属小型猛禽。白天常单独活动。或飞翔于空中,或栖息于树上。以雀形目小鸟、昆虫和鼠类为食,也捕食鸽形目鸟类和榛鸡等小的鸡形目鸟类,有时亦捕食野兔、蛇、昆虫幼虫。动作敏捷,形容它的词常有"鹞子翻身"。此句是一个形象的比喻。船行黄河波涛,就像鹞子飞翔在空中一样,飘忽不定。

【赏析】

这是一个一辈子在黄河上谋生的船夫所唱。在浪尖上耍花子,看起来多么美丽,可是又多么危险!就像天空中的鹞子,多么的逍遥自在,又是多么的飘忽难测。两个鲜活的正能量比喻,却掩盖不了悬悬的负能量内涵。

黄河岸上牛喝水[1]

黄河岸上牛喝水,
鼻子儿拉不到水里。
端起了饭碗想起了你,
清眼泪流在了碗里。

阿哥想妹高山上站,
妹想哥把双眼望穿。
若要咱俩的姻缘散,
十二道的黄河的水[2]干。

【注释】

[1]这是一首传统的宁夏民歌,也是一首动人心魄的情歌。 [2]十二道的黄河的水:天下黄河富宁夏。黄河流经河套地区,被广泛用来引水溉田,年年都有很好的收成。故有"十二道"之语。

【赏析】

黄河流经宁夏,给当地带来了很好的灌溉条件。这首歌以"黄河岸上牛喝水"起兴,唱出了恋人真挚动人的情感。端起饭碗"清眼泪流在了碗里""把双眼望穿",爱情的誓言是"十二道的黄河的水干"。黄河不仅是此歌的起兴,还作了二人起誓的内容。

黄河里漂起一只船[1]

沙窝里沙来沙窝里沙,
沙窝里丢下一枝花。

有人拾了我的花,
穿上罗裙拜拜他[2]。

初三十三二十三,
黄河里漂起一只船。

我老汉今年八十三,
自幼儿这艺把船扳。

船舱里姑娘不害羞,
哪有个尕子[3]装丫头。

【注释】

[1]这是流传在宁夏的一首旱船调。由王世兴于1963年在银川市的郊区掌政乡采录。旱船是民间的一种歌舞项目。模拟船在水中行走的样子,一般是男人负责划船,年轻的妇人坐船。宁夏在黄河之畔,行船多在黄河,所以有"黄河里漂起一只船"的歌词。 [2]他:指扮作女人的男演员。 [3]尕:小。尕子,即男性少年。

【赏析】

民歌、民舞是最为深刻的文化表现形式。当一首旱船调唱响黄河水的时候,你会发现,这个被吟唱的主题已经多么的深入人心了。它是歌唱者潜意识的脱口而出,是化在血液里的不经意选择。

黄河里洗不净了[1]

三垄沟[2]麦子二垄沟草，
黑燕麦[3]锄不净了。
咱俩的名声出去了，
黄河里洗不净了[4]。

【注释】

[1]这是流传在宁夏固原的一首花儿。由苏克花演唱，1986年，郭望岚在南郊乡吴庄村采录。花儿：是流传在我国西北部甘、青、宁三省（区）的汉、回、藏、东乡、保安、撒拉、土、裕固等民族中共创共享的民歌。因歌词中把女性比喻为花朵而得名，以汉语演唱。 [2]垄沟：垄与垄之间的沟。 [3]黑燕麦：当地广为种植的植物。 [4]黄河里洗不净了：此句有两种含义，一说是黄河混浊，洗不净咱俩相好的名声。二是说，黄河水再多，也洗不净咱俩的名声。水当然洗不了名声。这是两个概念。总之是，怎么也洗不净咱俩相好的名声了。那就好好地好下去吧！

宁夏的黄河　摄影/孟宪明

天上黄河富一套[1]

万里黄河哪最美,

河套[2]风光最明媚。

春天桃花胭脂[3]染,

夏季麦浪闪金辉。

岸上柳枝处处秀,

水中鲤鱼尾尾肥。

最喜金秋八九月,

遍地蜜瓜叶芳菲[4]。

水到此处不愿流,

人到这里不想回。

渠水映照蓝天美,

田园到处飘翡翠[5]。

枝头红杏映笑脸,

歌声绕着彩云飞。

黄河万里富一套,

未到河套三分醉。

【注释】

[1]这首歌谣流传于宁夏地区。选自李富中编著的《黄河号子》。 [2]河套:指黄河从宁夏横城到陕西府谷的这一段,以及这一段黄河围着的地区。即内蒙古自治区和宁夏回族自治区境内贺兰山以东、狼山和大青山以南黄河流经的地区。 [3]胭脂:古代女子常用的一种化妆品,今称腮红。 [4]芳菲:芳香而艳丽。 [5]翡翠:玉石的一种,颜色翠绿色为翠,红色称之翡。

【赏析】

　　天下黄河富河套。这是千百年来流传在黄河上下的一句话。黄河河套地区气候宜人,土地肥沃,自古以来就是一个好地方。这首歌谣唱出了河套地区的风景美丽和物产丰富。

内蒙古河套灌区三盛公水利枢纽工程雕塑　摄影/孟宪明

黄河流水九十九道湾[1]

黄河流水九十九道湾,
海海漫漫[2]的河套川。
雄鹰绕着草原飞,
河套湾湾里是好风水。

【注释】

[1] 这是内蒙古河套地区的一首民歌。河套：指内蒙古和宁夏境内贺兰山以东、狼山和大青山以南黄河流经的汉族地区。因黄河流经此地形成一个大弯曲，故得此名。"河套"一名始于汉代。因此地历代均以水草丰美著称，故有民谚"黄河百害，唯富一套"。[2] 海海漫漫：指水流盛大的样子。

【赏析】

此谣唱出了河套地区因引来充沛的黄河水而产生的美好风光和幸福感受。

大后套成了米粮川[1]

黄河从南绕到北,
就后套能淌上黄河水。
天下黄河九十九道湾,
大后套成了米粮川。

【注释】

[1] 这是一首流传在内蒙古河套地区的民歌。

【赏析】

歌谣赞美了黄河水给后套带来的大变化,充满了自豪与幸福的感觉。明丽晓畅的语言,除了悦耳动听,不产生任何阅读障碍。应该说明的是,这首歌内含的颂扬对象,仍是前边的王同春。

黄河源区支流黑河湿地　摄影 / 董保华

天下黄河几十几道湾[1]

你晓得天下黄河几十几道湾?
几十几道湾里有几十几只船?
几十几只船上有几十几个杆[2]?
几十几个艄公在把船来扳[3]?

我晓得天下黄河九十九道湾,
九十九道湾里有九十九只船,
九十九只船上九十九根杆,
九十九个艄公在把船来扳。

【注释】

[1]这是一首陕北民歌,更是一首古老的黄河号子。在黄河上行船的艄公、船夫,皆会对唱。后来被歌手们搬上舞台,有了更广的传唱。此谣是由安波于1987年在佳县白云山道观听李思敏演唱而记录的。 [2]杆:船上的桅杆。 [3]艄公:船老大。扳:船在滔高浪险的河上行驶,艄公把稳舵,才能避开危险。

【赏析】

质朴无华的词,一句连一句地问;质朴无华的词,一句接一句答。粗犷苍劲的曲子,把地老天荒的黄河唱得地老天荒般的旷远苍茫。

黄河船夫歌[1]

我家住在黄河边,

祖祖辈辈把船扳。

种田种田怕天旱,

扳船[2]怕的破了船。

龙凭大海虎凭山,

水手凭的小木船。

打烂小船连本烂[3],

没有船扳生活难。

【注释】

[1]这是一首陕西绥德地区的黄河船夫歌,由邓怡如于1987年在绥德县马家川采录。演唱人为梁兴华。 [2]扳船:撑船。 [3]此句是说,船夫的生活靠的就是这条船,如果船烂了,自己的"本"钱也就没有了。

【赏析】

用宿命船的态度歌唱生活、述说生计。语言质朴而天然。

黄河船夫号子[1]

一根麻绳套在肩,
光身赤脚下银川[2]。
人世苦不过搬船汉[3],
面朝黄土背朝天。
家里扔下牵魂线[4],
苦了小妹[5]单打单……

下了银川上皋兰[6],
天知能否活回转。
一步一串伤情泪,
一程一座鬼门关。
灯芯草窝[7]沾上盐,
想起哥哥我难下咽。

想起妹妹毛花眼[8],
搬船的哥哥好心烦。
一猛子扎进黄河水,
风疙瘩[9]起了一整身。
生下儿再不搬大船,
下辈子结个盖世缘[10]!

【注释】

[1]这首歌谣流传于黄河中下游地区,选自李富中编著的《黄河号子》一书。 [2]银川:现为宁夏回族自治区的首府,位于黄河上游。 [3]搬船汉:搬应

为扳。指划船的船夫、船工，或曰拉船的纤夫。 [4]牵魂线：暗指（搬船汉）妻子。 [5]小妹：这里指妻子。 [6]皋兰：黄河上游的县城，今隶属甘肃省兰州市，在银川上边。 [7]灯芯草窝：掺灯芯草做的窝窝馍。 [8]毛花眼：形容泪水模糊了眼睛。 [9]风疙瘩：荨麻疹，也叫风疹块。是由于皮肤、黏膜小血管扩张及渗透性增加而出现的一种局限性反应。 [10]盖世缘：世上最好的缘分。

【赏析】

这首歌谣诉说搬船汉们工作的辛苦、劳累和危险性，并抒发了他们对妻子的担心和思念之情。语言顺畅朴实，抒情细腻深沉。气氛悲而不哀，苦而不怨。

蒲州河岸　摄影 / 孟宪明

撑船人儿苦[1]

撑船人儿苦,

撑船人儿苦,

刮风下雨都得渡[2],

苦处没处诉。

撑船人儿忙,

撑船人儿忙,

忙了太阳忙月亮,

忙得没婆娘[3]。

撑船人儿好,

撑船人儿好,

河里没有撑船人,

大河过不了。

【注释】

[1]这是一首流传在陕西南郑县一带的船工歌。由刘敏于1986年在南郑县中所乡采录,演唱者为唐三德。 [2]渡:摆渡。 [3]婆娘:老婆。此为陕西方言。

【赏析】

这是一首摆渡船工的歌谣。有对艰苦的劳作生活的诉说,也有对艰苦的劳作生活的自豪。诉说和自豪都是直白语:"撑船人儿苦""撑船人儿忙""撑船人儿好"。一听就懂,一听就不得不跟着点头。

船儿要往上河拉[1]

大河涨水浪淘沙，
船儿要往上河拉。
少年拉成胡子汉，
河也老得豁了牙[2]。
船家还是铁石汉[3]，
一代一代向上爬。
拉船人倘若都死了，
水也断流天也塌。

【注释】

[1]这是一首流传于陕西南郑县一带的船工歌谣。由陈克昌于1991年在南郑县鱼莹村采录。演唱者为唐三德。 [2]此句是一句幽默的比喻，河水滔滔，经年累月，堤岸被水淘得参参差差。以此作喻，让人婉尔。 [3]铁石汉：这又是一个比喻，即像铁石一样结实的汉子。

【赏析】

这是一首拉船的船工唱的歌谣。他们面朝黄土背朝天，趁着涨水的时候往上河处拉船。"少年拉成胡子汉""一代一代向上爬"。船工们昂扬向上的自豪感洋溢其间，让人感慨。尤其是最后两句，用近乎幽默的语调，强调了拉船人的责任感和重要性。

船工苦[1]

船工苦，苦连天，

夏热冬寒去拉纤。

面向地，背朝天，

悬崖峭壁过险滩。

眼珠挣得往外冒，

呼哧呼哧连声喘。

耳朵不停嗡声叫，

舌燥肚饥口儿干。

可怜爹妈养儿贱，

走南闯北来驾船。

要得不受这份罪，

河水倒流世道变。

【注释】

[1]这是一首流传于陕西汉中一带拉纤船工们的歌谣。由武明于1989年在汉中市老君镇采录，演唱者为周顺应。

【赏析】

　　这是一首流传于陕西汉中一带纤夫们的歌谣。押韵合辙，明白如话，几乎没有不懂之处。拉纤，是旧时黄河岸边常见的劳作，上世纪初年还大行其世。拉纤者不甘其累，但又无法挣脱，"要得不受这份罪，河水倒流世道变"。既是无奈之叹，也是渴盼之叹。

撑船苦[1]

撑船苦,撑船苦,
风里来呀浪里簸。
头发撑得白了根,
裤子穿得没屁股[2]。

撑船苦,撑船苦,
河里是家船是屋。
日月在我眉梢转,
篙杆天天向我哭[3]。

【注释】

[1]这是一首流传于陕西汉中一带撑船人的歌谣。由杨志清于1991年在汉中市铺镇王爷庙村采录。演唱者为中全。 [2]因在水上,撑船人常常衣不遮体,仅可避羞而已。 [3]篙杆出水带着水滴,像流眼泪似的。

【赏析】

一首颇含悲伤的歌谣。一年四季,寒来暑往,不想做此劳作的撑船人不觉间白了头发,但他还在做此劳作。"篙杆天天向我哭"一句,既升华了意境,也极致地表达了船工内心的悲苦。

铜吴堡[1]

铜吴堡,铁葭州[2],
生铁铸的绥德[3]州。

【注释】

[1]这是流传于陕西吴堡一带的民谣。[2]吴堡:是建立在独立山梁上的一座古城池,全用石头建成。该城东以黄河为池,西以沟壑为堑,南有通行的道路可下至河岸,北为咽喉狭道能连接后山。山环水绕,易守难攻。葭州:也是一座古城。地势险要。[3]绥德:陕西省的北部重镇。城坚墙厚,难以攻取。

【赏析】

这是典型的民间歌谣,三言两语,枪尖般突出了重要之处。两句十三字,言明了三座城池的坚固程度。

吴堡城的南门 摄影/孟宪明

四川省若尔盖 摄影 / 董保华

船夫号子（一）[1]

领：哎！阳婆[2]一落火烧山哟！

众：嘿！嘿！

领：哎！二郎[3]担山赶太阳哟！

众：嘿！嘿！

领：哎！神机妙算诸葛亮[4]哟！

众：嘿！嘿！

领：哎！咱河曲出了个火山王哟！

众：嘿！嘿！

领：哎！那就是威镇三关的杨家将[5]哟！

众：嘿！嘿！

领：哎！大禹治水[6]石狮子浪哟！

众：嘿！嘿！

领：哎！石梯子出的好水将哟！

众：嘿！嘿！

【注释】

[1]这是一首流传于山西河曲县一带的船工歌谣。由张存亮于1984年于河曲县采录。演唱者为鲁玉同。 [2]阳婆：太阳。当地方言。 [3]二郎：二郎神杨戬。民间传说，他担着两座山追赶太阳，想把太阳压在山底下。 [4]诸葛亮：三国时刘备的军师，蜀国的宰相。民间以他为智慧之化身。 [5]杨家将：北宋时期以杨业为代表的杨门将领，为大宋立有殊勋。 [6]大禹治水的故事家喻户晓。其"三过家门而不入"的事迹成了中华民族的精神财富。

【赏析】

船夫号子多以人们熟知的历史人物或者地方掌故为歌唱内容，借以协调动作、烘托气氛，达到娱乐身心、减轻劳累的目的。此曲有神话、有传说，还有产生于当地的"火山王""好水将"，无疑，将更能调动劳动者的热情。

船夫号子（二）[1]

领：哎！你[2]姐姐搽油抹粉巧打扮哟！

众：嘿！

领：哎！大闺女爱住个扳河汉哟！

众：嘿！

领：哎！小妹妹穿上那豆角角鞋[3]哟！

众：嘿！

领：哎！你才是哥哥那心中的爱哟！

众：嘿！

【注释】

[1]这是流传于山西河曲县的又一首船夫号子。由金湘、张存亮在1953年采录于河曲县的河会村。1954年由中国音乐研究所编入《河曲民歌》资料集。 [2]你：不是确指，而是泛指。 [3]豆角角鞋：弓鞋。过去的女人裹脚，脚被裹小了，鞋就有一个拱背。当地称此为豆角角鞋。

【赏析】

传统上，把这类带有男女情爱内容的歌谣统称为"荤"歌谣。据采录者的记录说："据歌者讲，船工在推船时，往往爱听荤号子逗笑，推起来更有劲。" 其实，船工们在劳动时，并不是看见了有女人过来才唱此歌，恰恰是，此时的场景里根本没有女人。顶多算是个自娱自乐。事实上，男欢女爱，正是民歌的显著特点。无此内容，民歌就不会显得真诚、可爱，自《诗经》始，两千多年来概莫之外。

拉船号子[1]

肩拴绳,项戴枷[2],

脚蹬地,手扒沙。

泥里滚,水里爬,

烈日烤,风雪打。

冷水激,冰凌扎,

走鳖路,伴鱼虾[3]。

吃野菜,咽泥沙,

皮鞭抽,重货压。

挣俩钱,为顾家。

【注释】

[1]这是一首流传于山西芮城一带的船工歌谣。1980年由薛亚采录于芮城县古仁乡蔡村,演唱人为张三。 [2]此句既是比喻,也具实情。拉纤者为了不让绳子勒进肉里,常在脖子里衬上东西。 [3]鳖可上岸,故有此说。

【赏析】

这首歌谣把拉纤的景象述说得清楚明白、历历在目。干重活,吃野菜,目的就是"挣俩钱,为顾家"。旧时代船工们的日子之苦由此可见一斑。

船家令[1]

黄河浪子[2]上大船,
三令五规代代传。
船令要比军令严,
不懂船规命交天。

上船先喊第一令,
艄公[3]就是船头圣。
船头圣要知天命,
风云变幻听天令。

听天令,听地令,
"神门""鬼门"[4]好通顺。
船家三令是根本,
船上五规要记清。

第一规要好水性,
学会鲤鱼跳龙门[5]。
第二规要神志清,
不许丢眉又打盹。

第三规要敬河神,
难关险关拜神灵。
第四规,船法硬,

生死同交一路人。

第五规，棹为宗[6]，
棹杆不话乱舞弄。
天下棹手拜兄弟，
海走天涯[7]有亲朋。

【注释】

[1]这里一首流传于山西河曲县的船工歌谣。1985年夏天，由张存亮采录于河曲县巡镇石梯子村。演唱者为李茂叶。 [2]黄河浪子：指船工学徒。 [3]艄公：掌船人。因位置在船头处，故有"船头圣"之称。 [4]"神门""鬼门"：指黄河流经三门峡时的两门。此处有砥柱山。黄河水从此处分流，包山而过。南边的叫"鬼门"，北边的叫"人门"，中间的叫"神门"，各门之间约三十丈。只有"人门"可以行舟，其他两门都非常险急。 [5]鲤鱼跳龙门：民间传说，能跳过龙门的鲤鱼就能一举变化成龙。据郦道元《水经注》记载：黄河鲤出巩穴（今河南巩义境），三月则上渡龙门，如能跳过龙门即化为龙，否则头额被触破败退而归。龙门，就是禹门口，在今山西河津西北和陕西韩城东，黄河流经其间，两岸峭壁对峙，落差大，水流急。此处的意思是说，要像跳过龙门的鲤鱼一样学会高超的游泳技巧。 [6]棹：船桨。宗：根本。 [7]海走天涯：或为海角天涯。

【赏析】

这不是一首普通的歌谣。这是一首"令"！这是船工徒弟上船前要记住的课程。这不是哪个艄公自己定的规矩，这是"代代传"的"三令五规"。"船令要比军令严，不懂船规命交天。"确实，在军队里也不是天天有生命之忧，而在黄河上行船，可是随时都有生命的危险。这首歌谣有着特殊的意义，它不仅让我们明白了旧时船工们的管理，也看见了那个时代船工们的心理世界。

船夫歌[1]

冬天行船靠上陵,

夏天行船靠下陵,

大冻行船靠流凌[2],

黑夜行船听水声。

东风船行红[3],

西风船行明[4],

无风船行一抹平。

【注释】

[1]这是流传于山西芮城一带的船工歌谣。1986年由薛亚采录于芮城古仁乡蔡村。[2]流凌:流动的冰凌。[3]红:指霞光。意思是可早些上路。[4]明:天亮。

【赏析】

这是船夫们用生命换来的行船真经。用歌谣的形式出现,只是为了让船工们更好地铭记和理解。其中的意蕴我们今天的人或许不能准确地言讲和体悟,但作为那个时代行船人的经验记录,却是我们永远都不要丢掉的文化财富。

扳船汉吃饭拿命换[1]

西北风顶住上水船,
破衣烂衫跑河滩。

河曲起程上河套[2],
步步走的鬼门关。

上水船困在浅水滩,
穷日子难住扳船汉。

黄河水深浪滔天,
扳船汉吃饭拿命换。

手扳棹杆脚蹬船,
船碰岩头命交天。

吃饭的人走鬼路,
什么人留下个跑河路?

【注释】

[1]这是流传在山西河曲县一带的船工歌谣。1953年春由张存亮采录于河曲县鹿固乡南沙洼村。演唱者为段混虎。 [2]河曲:河曲县。河套:内蒙古河套地区。

【赏析】

这首歌谣的主题就是它的题目:扳船汉吃饭拿命换。这些扳船汉不是去别的地方扳船,而是去内蒙古的河套。当时的河套地区人少地多,而山西绥德、河曲一带的男人多到此处讨生活。扳船汉就是其中的一部分。

打鱼歌 [1]

打鱼划划 [2] 捞渔网，
开河冻河两头忙。

鱼划好比聚宝盆，
一网河鱼一网银。

黄河的鲤鱼是活人参，
官家征走当贡品。

冰碴碴河里捞鱼难，
手脚上冻开了血绽绽 [3]。

年年捞鱼年年忙，
官府吃鱼咱吞糠。

【注释】

[1] 这是流传于山西河曲一带的打鱼人的歌谣。1986年由张存亮采录于河曲城关镇唐家会村。演唱者为李有狮。 [2] 打鱼划划：打鱼的小木船，此为当地俗称。 [3] 血绽绽：方言，指手脚上冻开的血口子。

【赏析】

一首黄河打鱼人的生活自述词。既有"冰碴碴河里捞鱼难，手脚上冻开了血绽绽"的艰苦，也有"鱼划好比聚宝盆，一网河鱼一网银"的收获。尽管如此，"官府吃鱼咱吞糠"，仍然未能改变打鱼人生活的艰辛与苦难。

黄河边上灵芝草[1]

黄河边上灵芝草,
妹妹人才长得好。
花眼眼看人眠嘴嘴笑,
把哥哥的魂儿也勾走了。

石榴开花红似火,
哥爱我来我爱哥。
妹妹有句心里话,
憋在肚里不敢说。

红葡萄来绿果果,
妹妹好比花朵朵。
有话你就尽管说,
哥哥心里都记着。

满坡坡杨树不一般高,
满村村后生数你好。
白布衫衫裂开怀,
亲亲热热咱离不开。

【注释】

[1] 这是一首流传于山西河曲一带的二人台所唱的小调。演唱时,由男女二人对唱。此歌1986年由张存亮采录于河曲城关,演唱者为吕桂英。灵芝草:民间所谓的仙草。此处喻指男子的恋人。

【赏析】

　　这是流传于山西河曲一带男女二人对唱的歌谣。一对一答，一唱一和，表达了男女对彼此热烈的爱慕之情。因是黄河岸边的男女青年，所以开口就是"黄河边上灵芝草"。真正的黄河风情！

黄河岸边　摄影/孟宪明

隔河望妹望不清[1]

隔河[2]望妹望不清,
想要过河水又深。
变个鸿雁[3]没有翅,
变个鲤鱼没有鳞。

【注释】

[1]这是流传于山西襄垣一带的歌谣。1967年由范步华采录于襄垣县城。演唱者为李温。 [2]河：黄河。 [3]鸿雁：大雁。性喜迁徙。故有此语。

【赏析】

这是一首爱情歌曲，以黄河水深作喻，表明自己有不好克服的困难。此曲应该是试探性的。如果真的相爱，岂会在乎水深！

隔河望妹望不清　摄影/孟宪明

河曲保德州[1]

河曲保德州[2],
十年九不收。
男人走口外[3],
女人捡苦菜[4]。

【注释】

[1]这是一首流传于山西河曲、保德一带的山曲。1986年由张存亮采录于保德县城。演唱者为杨仲青。 [2]河曲：县名，取"河千里一曲"之义。据《读史方舆纪要》记载，县城西濒黄河，恰处于黄河弯曲处，因而得名。现属山西省忻州市。清朝雍正年间隶属保德州，此民歌即产生于此时。保德州：清时隶属太原。雍正二年（1724）保德升为直隶州，管辖河曲、兴县二县。 [3]口外：指长城以北地区。包括内蒙古、河北北部的张家口承德大部分地区。此处指内蒙古。河曲的对岸即是内蒙古。 [4]苦菜：野菜名，也称苦丁菜。菊科，多年生草本植物。叫法甚多，各地不同。

【赏析】

这是流传在山西河曲的一首民谣。表现了清朝时百姓们艰难的生活现状。据说，清朝时，县里的官民为了能够翻身过好日子，专门请来了堪舆家看风水。风水先生走遍河曲的大街小巷，也没有找到症结所在。日落黄昏时登上黄河大堤，忽然发现河对岸一条虎视眈眈的黑龙正在吮吸着河曲的精气。仔细一瞅，原来是内蒙古大口村，一条深沟正张着大嘴，恰似一条狰狞的黑龙。有如此的怪兽横卧面前，河曲县怎能聚宝生财？如何破解呢？风水先生有的是办法。在县城头建塔镇妖。于是，一座文笔塔拔地而起。这虽是文笔塔建造的传说，也表现了河曲县脱贫的古老愿望。

什么人留下个走西口[1]

黄龙[2]弯弯的河曲县,
三亲六眷漫[3]绥远。

二姑舅啊三老爷,
八百里河套葬祖先。

千年的黄河水不清,
跑口外跑了几代人。

千年的黄河滚泥沙,
走了大人走娃娃。

娃娃走成了朽老汉,
走来走去是穷光蛋。

走一辈子西口守一辈子寡,
死活难到一搭搭[4]。

辈辈坟墓里不埋男,
穷骨头撒在河套川。

寡妇上坟泪长流,
什么人留下个走西口?

【注释】

[1]这是一首流传在山西河曲一带的山曲。1958年由张存亮采录于河曲北园村。演唱者为杨英耀。西口：也叫口外。内蒙古河套地区是山西人走西口重要的目的地之一。 [2]黄龙：指黄河。 [3]漫：遍地。 [4]一搭搭：一起。

【赏析】

这是一首辛酸的山歌。细腻地述说了走西口的悲伤与痛楚，"走一辈子西口守一辈子寡，死活难到一搭搭。""辈辈坟墓里不埋男，穷骨头撒在河套川。"这么悲伤的事情，究竟是为什么？究竟是谁留下来的？

走西口 摄影/孟宪明

壶口谣[1]

收来一壶水[2],

放出半天云。

水上冒白烟,

旱地人拉船[3]。

【注释】

［1］这是一首流传于山西吉县一带的民谣。1990年由浪音于山西太原市采录。口述人为张余。　［2］黄河流经山西吉县和陕西宜川县时,两岸的高祖山和人祖山夹河而立,三百多米宽的河道忽然收窄于三十多米的一个石槽,上下河床悬殊达六十多米,水势倾注如壶。"盖河漩涡,如一壶然。"遂和名壶口。　［3］旱地人拉船：黄河行船,无法通过壶口。每到此处,就把船拖到东岸沙滩上,拉着绕过瀑布,而后再放入河中行驶。也就是所谓的"旱地行船"。

【赏析】

这是一首写壶口瀑布独特景象的歌谣,只有当地人才说得出。尤其是"旱地人拉船",若非亲见亲闻,怎么也想象不出此种情景。

壶口谣　摄影／孟宪明

龙门谣[1]

禹门[2]三级浪，

平地一声雷。

黄龙天上降[3]，

鲤鱼跳龙门[4]。

【注释】

[1]这是流传于山西河津一带关于龙门的歌谣。1990年由杨进升采录，口述者为杨子升。[2]禹门：龙门。北魏郦道元《水经注》记载："龙门为禹所凿，广八十步，岩际镌迹尚存。"因怀念大禹治水功德，故称禹门。[3]黄河流经此地，西有黄龙山，东有龙门山，滚滚而来的黄河水恰似一条黄龙。东冲西撞，连转三个大弯。[4]鲤鱼跳龙门：见《船家令》注[5]。

【赏析】

这首关于龙门的歌谣，把神话与现实天衣无缝地结合在一起，虽只有短短二十个字，却让人感受到了龙门的伟力和神奇。

龙门口　摄影/孟宪明

蒲州过河谣[1]

早要过河,晚不过河。

过了黄河,还得过河。

【注释】

[1]这是一首流传于山西运城一带关于蒲州的歌谣。1963年由杨子仪于运城市东辛庄村采录,口述者为杨献田。

【赏析】

蒲州又叫蒲坂,是一座古城,位于山西永济市内的黄河岸边。城东城西皆有黄河河道。河水经常变道,频繁无测。早上需要渡河,可能到晚上就不用过河了,因为河水改道了。也有可能你刚刚过了黄河,本想着继续前进,因为河水改道,你还得再过一次黄河。现在的蒲州旧城已被河水淹没。

蒲州的黄河　摄影/孟宪明

蒲州城 真叫炫[1]

蒲州城,真叫炫,

家家户户出生员[2]。

对门三阁老[3],

一巷九状元[4]。

二十四家翰林院[5],

三斗四升芝麻官[6]。

【注释】

[1]这是流传于山西运城一带关于蒲州的又一首歌谣。1964年由杨进升采录于运城市东辛庄村。口述者为杨献田。与此谣意思相近的还有一首:手扒古楼往南看,二十四家翰林院。对门三阁老,一巷九尚书。大大小小州县官,三斗四升菜籽多。炫:方言,明亮。 [2]生员:凡经考试进入府、州、县学的,统称生员,俗称为秀才。 [3]阁老:朝中重臣。 [4]状元:由皇帝主持的廷试第一名。 [5]翰林院:朝中官署名。指为皇家提供官员的所在,这里是指教育学生的学馆(学校)。 [6]芝麻官:指七品以下的小官。此句是形容蒲州城里出的七品小官之多。

【赏析】

这是一首称颂蒲州的歌谣。它不仅说官多,而且说蒲州的文风甚盛。"二十四家翰林院",既是说备官之所,也是在称赞蒲州人重视教育。因为"家家户户出生员",那是需要学校的。

茅津渡 [1]

黄河一天三变脸喂,

一会儿深来一会儿浅。

船工生来天不怕,

哪能怕它浪高旋涡险。

只要号子喊得高,

驾舟飞渡万重山。

起风咧!

拉起蓬啊,把稳舵呀,

攀山缘啊,绕险滩哪,

遇急流呀,伙计们哪,

走哟啊沃,哎嘿哟嚎嘿,

哎咳嘿!

【注释】

[1]这首歌谣流传于黄河中下游地区,选自李富中编著的《黄河号子》一书。茅津渡,是黄河中游的重要渡口,位于山西省运城市平陆县城南茅津村,黄河南岸是三门峡市会兴镇,历史上曾名"陕津渡""茅城渡""会兴渡"。茅津渡地当要冲,水流湍急,形势险要。

【赏析】

这是一首船过茅津渡时船工唱的号子,山峻风大、浪高水急、旋涡深,船工们唱着号子,齐心协力地渡过急流险滩万重山。整首歌气势恢宏,豪气冲天,唱出了船工们的自信和昂扬斗志。

背河汉[1]

六月十七赶庙会[2],
姐妹们过河把戏看。
叽喳叽喳一路走,
嘻哈嘻哈声不断。
来到河边用目观,
水浅船儿靠不了岸。
河滩泥泞没法走,
快喊背河汉到面前。
一个背河汉一个妹,
悠悠款款上了肩。
肩膀宽呀肩膀软,
稳稳当当坐上边。
坐得高来看得远,
手搭凉棚[3]四下观。
绿山黄水[4]收眼底,
姐妹心里很舒坦。
背河汉个个身子斜,
歪歪扭扭直忽闪。
吓得姐妹哇哇叫,
别把俺掉在水里边。
背河汉这才开言道:
不稳不要坐单肩,
不如骑在脖子上,

两腿搭在左右肩。
肩膀硬，屁股圆，
小河流水浸双肩。
脚踩泥沙扑哧哧，
不觉得累来心里甜。
走一走来颠一颠，
扭一扭来闪一闪。
一会儿左来一会儿右，
一会儿后仰一会儿前。
忽然一脚踩空了，
大姐小妹溜下了肩。
背河汉急忙抱住了，
羞得姐妹红了脸。
叫声背河汉不正经，
不用你扶不用你搀。
怎奈脚小站不稳，
还是乖乖上了肩。
不多一会儿上了船，
姐姐妹妹掏铜板[5]。
背河汉齐声开言道：
不要你银来不要你钱，
有话咱们先说下，
看完了戏往回返，
再背你们把家还，
白费力气也情愿。

【注释】

［1］这首歌谣流传于黄河下游两岸地区，选自李富中编著的《黄河号子》。背河汉，在黄河边以背人上下船挣钱的人。有时候黄河靠近渡口的地方水浅而使渡船无法靠岸，妇人、小孩和老弱之人无法上下船，于是就有了背河汉，背着人涉过浅滩上下船，以此收取佣金。［2］庙会：在寺庙及其附近聚会，进行祭神、娱乐和买卖交易活动，是中国民间一种风俗。［3］手搭凉棚：以手掌平搭在双眼上方观望。［4］绿山黄水：指河岸边的青山和黄河水。［5］铜板：是铜圆的俗称。为清朝末年所铸造的各种铜币的通称，中间无孔，故称铜板。清朝光绪时期，一百枚铜板兑换一块银圆。

【赏析】

这是背河汉或碛工唱的歌谣，想着亲近讨好女性，调笑姑娘。他们常以唱这些歌谣来自寻开心，说笑逗乐，给劳累、枯燥的生活增添些乐趣。

河曲的黄河　摄影／孟宪明

打秋千[1]

年年有个三月三[2],
姐妹二人巧打扮。
小小红花头上戴,
粉红的胭脂唇上点。
苏州的头油杭州粉,
金丁花花银牡丹。
三穗耳环挂耳上,
珊瑚珠珠腕上缠。
大姐身穿花花袄,
二妹穿的是桃红衫。
镶边罗裙腰间扎,
咱们两个打秋千。
大姐上了秋千板,
二妹又上了板秋千。
双手紧把绳子扳,
一蹬一蹬上下翻。
大姐打了个花流平[3],
二妹起了个面朝天。
二人好像风摆柳,
一上一下实好看。
大姐又打鹞子[4]翻,
二妹跨步上高楼。
一不小心丢手绢,

上边绣个红绣球。

绣球系着二妹心，

仔仔细细把它寻。

前前后后找个遍，

急得二妹慌了神。

不用寻来不用找，

妹妹心事我知道。

村西后生柳大哥，

姐替你把手绢捎。

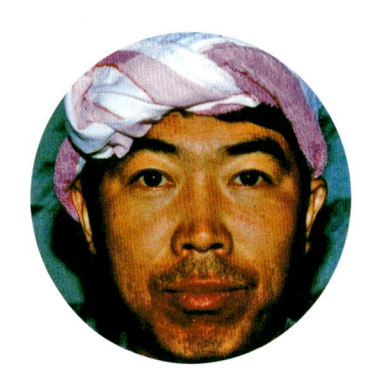

【注释】

[1]这是一首流传于山西左权一带的歌谣。也是被黄河船工和纤夫扳船或硪工打硪时吼唱的。选自李富中编著的《黄河号子》。秋千，民间游戏用具，很受妇女儿童欢迎。 [2]三月三：民间上巳节，有祭祀、春浴、踏青、放风筝、打秋千等风俗。 [3]花流平：与下边几句，均为打秋千的花样动作。 [4]鹞子：雀鹰的通称。

【赏析】

这首歌谣描述了上巳节姐妹两个打秋千的情景以及她们欢欣愉悦的心情，反映了中原地区的风俗。

挂红灯[1]

正月里来是新年,
大红灯笼挂门前。
风吹灯笼秃噜转,
越转越快真好看。
一路花灯耀眼明,
大街小巷结彩虹。
红橙黄绿青蓝紫,
心急观灯脚不停。
这边开的莲花灯,
那边转的走马灯。
鲤鱼灯来跳龙门,
上下翻腾喜煞人。
西瓜灯来红瓤瓤,
白菜灯光绿茵茵。
芫荽灯碎纷纷,
茄子灯紫腾腾。
萝卜灯花生灯,
圪溜马弯的黄瓜灯。
南瓜灯冬瓜灯,
玉茭子[2]灯黄澄澄。
龙儿灯满身鳞,
满天飞舞的凤凰灯。
两个狮子滚绣球,

山中的老虎多威风。
兔子灯,白生生,
偷油吃的老鼠灯。
南边来了个乌龟灯,
脑袋一缩又一伸。
观灯的人实在多,
人挤人来乱哄哄。
人山人海真热闹,
迎接丰收好年景。

【注释】

[1]这是一首流传于山西河曲一带的歌谣。也是被黄河船工和纤夫扳船或碛工打碛时吼唱的。选自李富中编著的《黄河号子》。 [2]玉茭子:玉米棒子。

【赏析】

这首歌谣唱的是正月十五观花灯,尽数了花灯的样式种类,蔬菜瓜果、飞禽走兽,五彩缤纷,描述了灯节的热闹和兴盛。反映了中原民间玩花灯、挂花灯、观花灯的灯节风俗,以及祈求好年景的心愿。

鲤鱼跳龙门灯 摄影/孟宪明

黄河滚滚波浪翻[1]

黄河滚滚波浪翻,牛皮筏子当轮船[2]。

九曲黄河十八湾,宁夏起身到潼关[3]。

万里风光谁第一,还数碛口[4]金银山。

【注释】

[1]这是一首山西民歌。 [2]牛皮筏子:用数个筒牛皮做成的筏子,用以代船,主要渡人,也兼渡物。轮船:轮船一般有狭义和广义两种说法。一种指原始的以人力踩踏木轮推进式的,另一种指现代的以机械化螺旋桨推进式的。此处当指后一种。 [3]宁夏:宁夏回族自治区,简称宁,是中国五个自治区之一,首府银川。位于中国西北内陆地区,东邻陕西,西、北接内蒙古,南连甘肃。宁夏地处黄河水系,地势南高北低,呈阶梯状下降。潼关:地名。位于陕西省渭南市潼关县北,黄河北流而来,至此一折,流向东方。《水经注》记载:"河在关内南流潼激关山,因谓之潼关。"是黄河上的重镇。 [4]碛口:地名。位于晋西吕梁山西麓,东依吕梁山,西襟黄河水,隔河与陕西省吴堡县相望。明清至民国年间,凭借黄河水运一跃成为北方商贸重镇,享有"九曲黄河第一镇"之美誉,是晋商发祥地之一。

【赏析】

这是一首歌唱碛口商贸盛状的歌谣。宁夏到潼关,场景洪大。九曲十八湾,视野广阔。黄河激流,牛皮筏子。万里风光,金山银山。这一切,最后都落了天下第一的碛口镇!是一首好颂歌,也是一则好广告。

黄河阵[1]

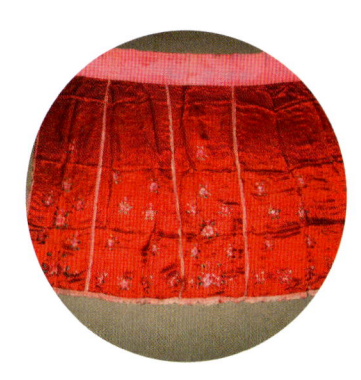

九曲黄河阵,

由东往西顺。

走到东南角,

倒返转角通。

打开南天门,

东方自由行。

正北拐个弯,

西方送到中。

【注释】

[1] 这是流传于山西偏关县一带的舞蹈歌谣。1989年由任万通采录于此县。

【赏析】

  山西位于黄河的中游一带,千百年来,三晋儿女不仅创造了灿烂的物质生活,也创造了丰富多彩的精神财富。每逢元宵佳节,人们就会举行游灯会,用无数只花灯摆出一座迷宫似的九曲黄河阵,再配上锣鼓、社火等,让人们走迷宫,赏花灯,欢度佳节。黄河阵的每个弯曲处,都埋有一根木桩,即老杆,桩顶端座放花灯。用绳子把老杆相连,形成游走路线。连线掌握的规律是:"曲角五三三,退回三三五;每曲有老杆,共灯三百七。平年照样安,闰年增门杆。除去九加一,正够一整年。"这首歌谣就是说的游走黄河阵时要掌握的规律。

座黄河灯[1]

三官[2]爷,面朝南,
一架黄河九道弯[3]。
红灯座了三百六,
合社[4]人家保平安。

【注释】

[1]这是一首流传于山西长子县一带的祈福歌谣。1987年由暴海燕于长子县合村乡河村采录,口述人为窦引子。 [2]三官:指天官、地官、水官。这是民间祭祀的三大神灵。 [3]一架黄河:指他们用灯摆成了黄河,故称"架"。 [4]合社:旧时,一村常为一社。合社即全村之意。由会首主持灯节活动。

【赏析】

元宵节时,村里的人们在自己打麦的土场上安放黄河灯,三百六十盏,摆成九曲黄河的样子。锣鼓敲起来,社火舞起来,欢乐的人们走起来。如果说,前边的一首《黄河阵》唱的是让人们如何在迷宫中行走,享受游玩的乐趣,那么,这一首就是典型的祈福歌谣了。摆放成黄河形状的三百六十座红灯,象征着一年的三百六十天,黄河安澜,合社平安。

元宵灯火歌[1]

正月十五搭神棚[2],
细吹细打[3]锣鼓声。
围绕黄河三百六[4],
烟花火炮满天红。

【注释】

[1]这是一首描述元宵佳节的歌谣。由杨栋于1987年在沁源县景凤乡采录,口述者为胡国华。 [2]搭神棚:供奉天官、地官、水官。元宵节俗称"三元"盛会,所以当地又称为大闹"三官"。 [3]细吹细打:这里指的是弦乐。 [4]三百六:指三百六十盏红灯。用灯摆成九曲黄河阵,当地称作黄河灯游会。

【赏析】

偏关县,长子县,沁源县,点燃三百六十盏黄河灯用作元宵节祭祀的内容竟然在如此广阔的地域里盛行和统一,说明"三元"盛会与黄河的关系真是水乳交融、不可分割。黄河,不仅是中华民族的母亲河、吉祥河,而且是我们不可或缺的保护神。

元宵灯火 摄影/孟宪明

黄河滩[1]

白天晒死狗,
黑夜大风吼。
沙丘不长草,
沼泽人难走。

【注释】

[1] 这是流传于山西黄河岸边的一首歌谣。1989年由浪音采录。口述者为杨进升。

【赏析】

短短四句二十个字,点明了黄河滩上的四种情景:白天,黑夜,沙丘,沼泽。准确,鲜明,生动。

黄河滩 摄影/王伟

唱戏的吃四方[1]

三教九流[2]咱为首,
唐明皇[3]当年封过禄。
南京收[4]了南京去,
北京收了北京走。
南京北京都不收,
黄河两岸度春秋。

【注释】

[1]这是一首流传于山西襄汾县一带描述唱戏者的歌谣。1987年由狄西海于襄汾县城关采录,口述者为邢文斌。 [2]三教九流:三教,即儒、释、道。九流,即儒家、道家、法家、墨家、名家、阴阳家、纵横家、杂家、农家。此处是说社会的所有阶层。 [3]唐明皇:唐玄宗。他在戏剧界被尊为老郎神,是戏剧的保护神。 [4]收:请他们去演戏。

【赏析】

这是一首述说黄河流域唱戏人的歌谣。似乎略带嘲讽,但又真切地表现了这些民间艺人的乐观与旷达。是的,他们唱着戏文,演绎着帝王将相的兴亡盛衰、才子佳人的悲欢离合,真能达到世事洞明的境界了。

捏河泥谣[1]

揉揉揉揉软软,

我给你捏个碗碗。

揉揉揉揉硬硬,

我给捏个瓮瓮。

揉揉揉揉不软不硬,

我给你捏个跳跳蹦蹦。

【注释】

[1]这是一首流传于山西河曲一带的儿歌。1986年由张存亮采录。口述者为杜焕荣。

【赏析】

边唱歌谣边用从黄河里挖来的黄泥哄孩子玩儿。一会儿捏只半圆不圆的碗,一会儿又捏个半大不小的瓮,再过一会儿,又捏了一个会跳会蹦的小猫、小狗。泥捏的小猫、小狗当然不会动,可在孩子的眼里,这些泥捏的小猫、小狗已经真的蹦跳了起来呢!

晋陕峡谷中的黄河　摄影 / 孟宪明

黄河拉纤号子[1]

脚蹬着地,

手扒着沙[2],

挣俩(哎)钱养活家。

伙计们听,

加上这力,

抬起(哎)头累不垮!

【注释】

[1]这是流传在河南省三门峡的一首拉纤人唱的号子。由何五朴、卢石榴演唱,姜和平采录。 [2]手扒着沙:可见身子是伏得很低的。散文家孙伏园曾在《黄河上》说那些纤夫"他们是赤裸裸一丝不挂的"。

【赏析】

黄河上的纤夫很多。黄河上纤夫们唱的号子想必也不少。时代远去,能够唱出来的越来越少了。这么质朴、鲜明的号子,真是闻之可见其景。

天河九道湾[1]

天上天河[2]几道湾？
哪道窄来哪道宽？
哪道湾里跑开马？
哪道湾里磨过船？
哪道湾里江水过？
哪道湾里有龙潭？
哪道湾里八角井？
哪道湾里出神仙？
哪道湾里出桃树？
几棵甜来几棵酸？
谁人看桃桃园坐？
谁人送饭到桃园？
谁人摘桃长街卖？
谁人吃桃成了仙？
谁人拾了个桃核唧唧得了仙？
一个跟头打到西天边？

天上天河九道湾。
头道窄来二道宽。
三道湾里跑开马。
四道湾里磨开船。
五道湾里江水过。
六道湾里老龙潭。

七道湾里八角井[3]。

八道湾里出神仙。

九道湾里出桃树。

五棵甜来四棵酸。

王母娘娘[4]看桃园里坐。

织女[5]送饭到桃园。

老君[6]摘桃长街卖。

杨二郎[7]吃桃成了仙。

孙猴子拾了个桃核嘲嘲成了仙[8],

一个跟头打到西天边。

【注释】

［1］这是一首流传在黄河下游的船歌。由翟秀口述,刘小江于1990年采录于清丰县双庙乡水牛陈村。 ［2］天上天河:银河。此处是船工们信口唱的歌词,但其内容都和河中行船有关系。 ［3］八角井:八角玻璃井,是天上的星星。民间传说,老人星因误传了牛郎织女相会的信息,而被老天爷罚做劳役,误踩落井边一块砖,所以虽说是八角玻璃井,其实只有七角。 ［4］王母娘娘:民间传说中的大神,是老天爷的老婆。 ［5］织女:《牛郎织女》传说故事中的织女。她是老天爷和王母娘娘的女儿,嫁给了牛郎。 ［6］老君:太上老君,道教的大神,会炼仙丹。 ［7］杨二郎:二郎神杨戬。民间称作杨二郎。 ［8］孙猴子:传说中的齐天大圣孙悟空。嘲嘲:中原方言,意思为吮吮。

【赏析】

这首船歌用大量的民间神话和传说故事作为歌唱的内容,朗朗上口,明白晓畅。歌谣的传唱地是河南省的清丰县,此地正是黄河下游的流经之地,多河多水多船工,自然也多有船歌。

天下黄河弯又弯[1]

对歌调[2]

问：天下黄河弯又弯，

几道弯来几道川？

长了几棵蟠桃树？

几棵甜来几棵酸？

谁人看桃园里坐？

谁人挑担来送饭？

谁人卖桃沿街转？

谁人偷桃成了仙？

答：天下黄河弯又弯，

九道弯来九道川。

十八棵蟠桃里边栽，

九棵甜来九棵酸。

小灵姐看桃园里坐，

大通哥送饭把担担。

王母娘娘端桃沿街卖，

孙悟空偷桃成了仙。

【注释】

[1]这首歌谣流传于黄河中下游地区，1990年代由焦桂兰口述石长印采录。[2]对歌调：河南民间小调的一种曲调。

【赏析】

这是首黄河船夫摇船时唱的歌谣，用以排解寂寞增加力量。也唱出了对黄河的感情和对生活的希望。

船工歌[1]

不怕地，不怕天，
就怕打转去拉滩[2]。
面向地，背朝天，
四肢着地浑身酸。
两耳不住嗡嗡叫，
头懵眼花口舌干。
眼珠憋得往外冒，
呼哧呼哧直发喘。
谁说驾船活不重，
请到河里试试看。

【注释】

[1]这是一首流传于河南省孟县的船工歌谣。由尚从斌演唱，郭海潮于1978年在渑池供销社采录。 [2]拉滩：拉纤。因为拉纤时走在河边的沙滩上，俗称为拉滩。

【赏析】

这首歌谣用纯是大白话的语言唱出了拉纤生活的劳累与艰辛。"面向地，背朝天""眼珠憋得往外冒，呼哧呼哧直发喘"，形象而不夸张。

十上宝舟[1]

一上宝舟张一张,
替死木[2]上好风光。
两边两个回头望,
二龙胡须铁罩桩。

二上宝舟张二张,
铺头上面好风光。
上写"黄河佛主"[3]四大字,
下缀金龙四大王[4]。

三上宝舟张三张,
头桅面梁好风光。
两边两个收军桩,
挂帅封侯竖当央。

四上宝舟张四张,
天官面梁好风光。
两边两个小练架,
天官赐福[5]置当央。

五上宝舟张五张,
两头板上好风光。
两边两个船杆木,

老弟兄下棋在当央。

六上宝舟张六张,
大桅面梁好风光。
两边两大龙绞水,
大将军[6]竖在正当央。

七上宝舟张七张,
官仓里面好风光。
两边两个燕展翅,
五路财神[7]挂当央。

八上宝舟张八张,
八池[8]上面好风光。
两边两个金龙尾,
八仙桌子摆当央。

九上宝舟张九张,
鳌板上面好风光。
九个仙女[9]两边站,
锅碗瓢勺响当央。

十上宝舟张十张,
铺艄窝子[10]好风光。
两边两个菩萨在,
乌龙摆尾在当央。

【注释】

　　[1]这是一首流传于河南省新蔡县的黄河歌谣,一个"宝"字,不仅意在夸赞黄河舟船,也强调了船对于船主和船工们的宝贵价值。由高长青演唱,乔中敏于1987年在演唱者家中采录。 [2]替死木:绑在船头上的一块木头装置,能起保护作用。 [3]黄河佛主:船民们敬奉的神灵。 [4]金龙四大王:指东、西、南、北四大龙王。这是在佛像下边又画了龙王。民间常把诸多敬奉的神灵放在一起祭祀。 [5]天官赐福:天官、地官、水官,皆为道家供奉的神灵。 [6]大将军:拴锚的装置。 [7]五路财神:主管天地间财运的神,即财神。此说源于流传甚广的小说《封神演义》。赵公明为中路武财神,其他四位分别是东路财神招宝天尊萧升、西路财神纳珍天尊曹宝、南路财神招财使者陈九公、北路财神利市仙官姚少司。 [8]八池:船上的过道。 [9]九个仙女:民间传说,老天爷有九个闺女。这也是贴在船上的保佑吉祥的绘画。 [10]铺艄窝子:船工们住的地方,里边有敬的菩萨像。

【赏析】

　　一首船歌唱出了黄河舟船的模样和陈设,也唱出了黄河船工的精神世界。水上行船,危险时时存在,船工们禁忌颇多,特别在意吉祥的暗示。从船头"替死鬼"的设置到对佛、道诸神的敬奉,实、虚两个方面都对安全进行了周全的安排和布置。

黄河船　摄影/孟宪明

艄公号子(一)[1]

一条龙飞出昆仑[2],
摇头摆尾过三门[3]。
吼声震裂邙山[4]头,
惊涛骇浪把船行。

【注释】

[1]这首歌谣流传于黄河中下游地区,选自李富中编著的《黄河号子》。 [2]一条龙:指黄河。飞出昆仑:流出昆仑山。昆仑,黄河发源于此山。 [3]三门:指黄河三门峡,位于河南省西部。相传大禹治水时来到此处,用神斧劈开了拦阻大水的高山,形成神、人、鬼三门,引导黄河水东流。 [4]邙山:黄河南岸,从洛阳延绵到郑州的土山。

【赏析】

这是一首黄河船夫行船时唱的歌谣,唱出了黄河雄浑的气势和黄河行船的惊险,表现了船夫们的阔大胸怀和豪迈精神。

艄公号子（二）[1]

三气周瑜在江东[2]，
诸葛亮[3]将台祭东风。
祭起东风连三阵，
火烧曹营百万兵[4]。

【注释】

[1]这首歌谣流传于黄河中下游地区，选自李富中编著的《黄河号子》。[2]周瑜：字公瑾，东汉末年人。追随孙权平定江东，成为吴国孙权的主要将帅。公元208年与刘备、诸葛亮联合在赤壁之战中大败曹操，由此奠定了魏、蜀、吴三分天下的基础。江东：长江以东的地区。长江从金陵至九江一段为南北走向，故有江东。[3]诸葛亮：字孔明，号卧龙，东汉末年人。三国时刘备的谋士，蜀国的丞相。公元208年，与吴军周瑜联合，在赤壁大破曹军，奠定了蜀国三分天下的地位。[4]火烧曹营百万兵：公元208年，以诸葛亮为首的蜀军与以周瑜为首的吴军联合，在赤壁用火攻大败曹操的百万军队，是历史上以少胜多、以弱胜强的著名战役之一。

【赏析】

这首船夫歌谣以三国历史人物和故事为内容，唱得亢奋激昂、气势豪迈，给人增加了力量和勇气。

小浪底 摄影/董保华

拉船歌[1]

俺一哼,俺一哈[2],

大家都来把船拉。

拉船挣钱好养家,

养活爸,养活妈,

养活媳妇抱娃娃。

【注释】

[1]这首歌谣流传于河南地区,由段春选于1990年代采录。拉船,即为拉纤,人在岸上用绳子拉船前进。 [2]哼:拉船喊号子时的众人合音。哈:拉船喊号子时的众人合音。

【赏析】

这是一首黄河拉船号子歌,是为了协调大家步伐、凝聚力量而唱的。唱出了拉船的辛苦和生活的不易,但是挣钱能养活爸妈和老婆孩子,便有了干活的劲头。

陕西潼关黄河岸边的拉纤雕塑 摄影/孟宪明

随口溜[1]

这根桩[2]，像条龙，

摇头摆尾，往下行。

高高举，重重摔，

光打直来，别打歪。

打西口，往东带，

这棵桩，别打坏。

高高举，往下捞，

探探身来，长长腰。

抬头看硪[3]，低头看橛[4]。

看得准，打得稳。

持齐力，力不齐，齐加力。

不要慌，不要忙，

忙了慌了力不长。

我叫号，您应声。

您不应，不中听[5]。

应了声，才中听。

【注释】

[1]这首歌谣流传于黄河下游地区，由封丘县的蒋洪存提供。随口溜，即顺口溜。 [2]桩：埋在土里的柱子。 [3]硪（wò）：石硪，也叫石夯，是砸实地基或打桩用的一种工具，通常是一块圆形石头，周围系着几根绳子。 [4]橛：这里指木桩。 [5]中听：好听。

【赏析】

这是一首打夯号子，一人唱，众人应，为的是协调大家动作一致，凝聚力量。同时也能指挥行动，提示注意事项，避免失误等。语句简短，节奏感强。

伏汛[1]

伏汛期，河水大，
阴雨连天不住下。
水涨高，背河洼[2]，
大堤冲开无边涯。
房也倒，屋也塌，
人畜漂流冲走啦！
倾家败产真可怕。

水来到，别懒滑[3]，
运石运料修堤坝。
平浪窝，木夯砸[4]，
獾狐洞穴填实它。
要修埽[5]，大土压，
培修大堤不要沙，
洪水来到不怕刷。

【注释】

[1]这首歌谣流传于黄河下游地区，选自李富中编著的《黄河号子》。伏汛，在三伏天里发生的河水暴涨现象。[2]黄河河床淤积高出地面，每到汛期，河水在高水压下，形成沿黄河大堤外侧易引起内涝和土壤盐渍化的地区，称黄河背水洼地区。[3]懒滑：偷懒躲避干活劳动。[4]浪窝：河堤被水浪冲击形成的坑窝。木夯：木制夯工具。[5]埽（sào）：治河时用来护堤堵口的器材，用树枝、秫秸、石头等捆扎而成。

【赏析】

这是首修筑加固黄河堤坝打夯时唱的夯歌，是领者唱的，其衬词和应和之词已删去。这首夯歌第一段唱出了河水决堤后的严重危害；第二段则是号召大家齐心协力修好堤坝，以防止洪水的冲刷。歌词直白，积极乐观。

黄河水[1]

黄河水呀黄又黄,

无情无义赛虎狼。

黄河水呀一大害,

人人提起恨断肠。

一打硪头打得好,

修好大堤把国保。

二打硪头打得重,

打重为了垫几层。

垫好几层堤坚固,

保证河水冲不动。

【注释】

[1]这首歌谣是黄河硪工打硪时唱的号子,流传于黄河下游地区,选自李富中编著的《黄河号子》。

【赏析】

这首歌词前四句说黄河发洪水的严重危害,后六句说打实基础和修固河堤的重要性。内容实在,语言朴素自然,反映了硪工们的勤劳和朴实。

打硪歌[1]

河里漂来呀,一条船,

上头立着哟,一桅杆。

上头挂着哟,一张帆,

帆上系着呀,红绸布,

一日千里呀,到江南。

老的船上哟,掌着舵,

小的船头哟,抽着烟。

伙计们呀哟,听我劝,

再使劲呀,打一遍。

东边的伙计呀,别大意,

这里就你呀,拉得偏。

灯盏[2]里的油哟,全倒完,

回头罚你哟,打三遍。

【注释】

[1]这首歌谣是黄河硪工打硪时唱的号子,流传于黄河下游原阳一带。选自李富中编著的《黄河号子》。硪,砸实地基或打桩时用的一种工具,通常是一块圆形石头或铁制的饼状物,周围系着几根绳子。 [2]灯盏:指旧时的油灯或油灯的灯碗。

【赏析】

这是首打硪号子歌,协调大家的节奏动作,也指挥步骤和用力方向。号子歌要凝聚振奋大家的精神干劲,所以很少悲愁哀伤之词,多积极乐观之语。

二十八宿[1]

一女贤良数孟姜[2],
二郎担山赶太阳[3]。
三人哭活紫荆树[4],
四马投奔小柴王[5]。
五里月下抱太子[6],
镇守三关杨六郎[7]。
七郎射死在芭蕉[8],
八洞神仙数张良[9]。
九里山前活埋母[10],
十面埋伏楚霸王[11]。
十一云南花关镇,
十二征西杨满堂[12]。
十三太保李存孝[13],
十四铁篙王彦章[14]。
十五白马跑得快,
十六磨坊李三娘[15]。
十七牛皋[16]把擂打,
十八罗成[17]投唐王。
十九刘秀[18]南阳坐,
二十八宿保王莽[19]。

【注释】

[1] 这首歌谣是黄河船工和纤夫扳船或硪工打硪时唱的号子,流传于黄河上下两岸地区,口述者为河南孟州的刘吉安、刘良起。二十八宿,是中国古代天文学家为观测日、月、五星运行而划分的二十八个星区,用来说明日、月、五星运行所到的位

置。〔2〕孟姜：孟姜女，民间传说中的人物。孟姜女去给被抓走修长城的丈夫范杞梁送寒衣，结果丈夫已经累死，尸骨也找不到。孟姜女伤心痛哭，哭了三天三夜，哭倒了长城，压在长城下的范杞梁也露了出来。〔3〕二郎担山赶太阳：这是个民间神话故事，远古的时候，天上十日并出，晒得大地上所有生物都活不下去。二郎神就担着山追赶太阳，赶上一个用山压住一个，直到最后天上只剩下一个太阳，二郎神才在这个太阳的哀求和人们的说情下饶了它。〔4〕三人哭活紫荆树：这是个民间故事，一家兄弟三人在父母死后闹不和，三妯娌成天吵架，就分了家。谁知分家后家院里的一棵紫荆树枯死了。兄弟三人见此都很自责后悔，在紫荆树下抱在一起大哭，紫荆树吸收到三人的眼泪，慢慢泛青又活了。于是兄弟三人又合在一起，和和睦睦地过日子了。〔5〕柴王：指后周世宗柴荣。〔6〕五里月下抱太子：说的是三国时，刘备兵败当阳逃往樊城，赵云受糜夫人之托，怀抱太子刘阿斗杀出重围，将阿斗安全送到刘备手上。〔7〕杨六郎：指杨业六子杨延昭，并州太原人，北宋抗辽名将。〔8〕七郎射死在芭蕉：七郎指杨七郎杨延嗣，在与辽军作战中，奉命从雁门关往大营向主帅潘仁美求援，潘仁美为报私仇，将七郎绑缚于芭蕉树上乱箭射死。〔9〕张良：秦末汉初人，字子房，是刘邦的重要谋臣，辅佐刘邦建立了汉王朝。晚年随赤松子修道，云游四海，民间相传他成了仙。〔10〕九里山前活埋母：汉初大将韩信在未出名时，听信术士之言，将母亲活埋于所谓的风水宝地九里山。〔11〕十面埋伏楚霸王：刘邦用十面埋伏的战术把楚霸王围困在垓下，逼使项羽自刎于乌江。〔12〕杨满堂：宋朝杨家将的后人。〔13〕李存孝：唐末名将，人称飞虎将军，原名安敬思，后被李克用收为养子，赐以姓名李存孝。〔14〕王彦章：五代时期后梁名将，事朱温，每战，持铁枪冲锋陷阵，军中号"王铁枪"。〔15〕李三娘：后汉高祖刘知远的皇后。她出身农家，与军中马奴刘知远从微末走到辉煌，两人的爱情故事充满传奇色彩，一直为民间所传颂。〔16〕牛皋：南宋抗金名将。河南鲁山人，出身农民，后加入岳家军，在对金作战中，屡立战功。〔17〕罗成：隋唐小说中的人物。罗艺之子，秦琼的表弟，与单雄信、程咬金、秦琼等为结拜兄弟，后投奔唐王李世民。〔18〕刘秀：东汉开国皇帝光武帝，南阳郡蔡阳县人，生于陈留郡，东汉王朝建立者，汉高祖刘邦九世孙。〔19〕王莽：西汉末年，外戚王莽在汉哀帝早亡、皇权旁落的情况下，乘机窃取政权，自立为帝，建立新朝，在位十五年灭亡。

【赏析】

　　这是一首知识歌谣，叙说了历史上或传说故事中的一些人物和故事。人们在吟唱歌谣的同时，也谈古论今讨论了故事人物，增强了知识性和趣味性。

十二贪 [1]

兄弟姐妹听我言,
今天不把别的道,
单把贪财表一表。
人人都说金钱好,
金钱人人离不了。
父母贪财子不孝,
邻居贪财常争吵。
女子贪财分身体,
男子贪财坐监牢。
妯娌贪财家不圆,
兄弟贪财难和好。
亲戚贪财断来往,
朋友贪财两不交。
做官贪财官难保,
皇帝贪财乱了朝。
贪酒穿肠是毒药,
贪色刺骨是钢刀。
光想贪财死亡路,
贪财万恶罪难逃。
人人都说金钱好,
贪财就是祸根苗。

【注释】

[1] 这首歌谣是黄河船工和纤夫搬船或碨工打碨时唱的号子,也在中原民间各地

广泛传唱,是流传于黄河流域广大地区的一首民歌。口述者为河南孟州的许发文、常素霞。

【赏析】

这首歌谣从十个方面分别说了"贪财"对个人、人生、家庭、乡里、社会、国家等的严重危害。最后以"贪财就是祸根苗"作结,对人们提出了不可贪财的告诫。

邙山头上看黄河　摄影/李庆明

仨女婿拜寿[1]

担起担子游四方,
一下子走到王家庄。
王家庄有个王员外[2],
他有三个好姑娘[3]。
三个姑娘都长大,
纷纷找到如意郎。
大姑娘找个没头发,
二姑娘找个光顶光[4]。
就数三姑娘找得好,
圆圈有发中间光。
大年初一去拜年,
照得满院明晃晃。
人当他家失火了,
实际是小秃[5]放的光。

【注释】

[1]这首歌谣是黄河船工和纤夫搬船或硪工打硪时唱的号子,也在中原民间各地广泛传唱,是流传于黄河流域广大地区的一首民歌。口述者为河南武陟的崔诒志、胡太法。仨,同三;女婿,此处指闺女女婿。 [2]员外:古代正员以外设置的官员,因这种官可以拿钱捐买,后来也称有钱有势的富豪为员外。 [3]姑娘:此处同闺女、女儿。 [4]光顶光:意为头顶光光没有头发。 [5]小秃:此处指三个女婿。

【赏析】

这是一首调笑逗趣的歌谣,作为船工、硪工的劳动号子,可以提精神,凝力气,愉悦心情,活跃气氛。

十道黑[1]

花鼓打来铜锣拍,
秦安明明世道[2]黑。
天蓝衣服马蹄袖[3],
手把束腰一道黑。
两个大姐去绞脸[4],
弯弯正正两道黑。
庄稼老头耩[5]黑豆,
哩哩啦啦三道黑。
粉白墙上写王字,
横三竖一四道黑。
两个光棍捂鹌鹑[6],
捂来捂去五道(捂到)黑。
羊肉包子卖不了,
熘来熘去六道(熘到)黑。
两个大姐骑揪揪,
骑来骑去七道(骑到)黑。
新娶的媳妇扒[7]娘家,
扒来扒去八道(扒到)黑。
新月子小孩怕起风,
灸[8]来灸去九道(灸到)黑。
两个大姐去推磨,
泼了黑豆十道(拾到)黑。

【注释】

[1]这首歌谣是黄河船工和纤夫搬船或碾工打碾时唱的号子,也在中原民间各地广泛传唱,是流传于黄河中下游地区的一首民歌。口述者为河南武陟的崔怡志、胡太法。 [2]秦安:秦安县,今隶属于甘肃省天水市,位于天水市北部、渭水支流葫芦河下游,世道:指社会状况。 [3]马蹄袖:满族服饰特有的一种袖子样式,即在本来的袖口前边接一个半圆形的形状像马蹄的袖头。 [4]绞脸:旧时女性面部美容的一种方法,即用丝线绞去脸上发际的绒毛。此处指化妆描眉。 [5]耩:用耧来播种。耧一般有三个出粮种道口,故一次可播三行。 [6]光棍:指未结婚的成年男子。捂:遮盖或封闭起来。鹌鹑:鸡形目鹌鹑属鸟类。 [7]扒:此处意为盼望、企盼。 [8]灸:灼、烧,民间中医治疗的一种方法。

【赏析】

这是一首幽默风趣的歌谣,用很多谐音字来增强调笑逗趣效果。作为船工、碾工的劳动号子,可以提精神,凝力气,愉悦心情,活跃气氛。

石岸 摄影 孟宪明

黄河一泛滥[1]

黄河一泛滥,

拉棍去要饭。

【注释】

[1]这是流传于河南周口一带的民谣,也是本书中最短的歌谣。

【赏析】

此歌谣只有十个字。有人把它叫作谚语,但我感觉它应该是歌谣。押韵合辙,一听就懂。一听就想起了那些艰难的岁月,立即就有了异样的感觉。

黄河一泛滥　摄影/孟宪明

黄水[1]

黄水冲了房,
逃荒到正阳[2]。
黄水淹了地,
要饭去陕西[3]。

【注释】

　　[1]这首歌谣流传于河南周口一带。黄水,即黄河水。 [2]正阳:今河南正阳县一带。正阳离周口不远。 [3]陕西:今陕西省。河南人遇灾荒多往西逃。

【赏析】

　　这是又一首反映黄河水灾的歌谣,同样出自周口一带。冲了房,逃得近,就到正阳一带要饭。如果连地也淹了,那就得逃远了,跑到陕西去。宋金以后,黄河夺淮入海,河南深受其害。特别是近代黄河决口,周口为黄泛区,受苦就更多了。

黄水 摄影/孟宪明

黄河决口谣[1]

六月二十一,

打开南北堤[2]。

先淹考城县[3],

后淹小宋集[4]。

东西马目[5]不用提,

大王爷[6]要上星星集[7]。

大王爷回头猛一看,

苦了清德兰阳集[8]。

上边冲下好筏子,

栽到袁寨[9]潭坑里。

堤西搭的是沙土窝,

堤东搭的是胶泥。

不知道黄水有多大,

袁寨后搭高六尺余[10]。

【注释】

[1]这首歌谣流传于黄河下游两岸地区,1990年代由翟自豪演唱、乔吉焕采录整理。 [2]清朝清文宗咸丰五年(1855)夏,黄河在今河南省兰考县北部决口,造成数县的数百万亩土地被淹,酿成著名的铜瓦厢改道。 [3]考城县:古县名,后并入兰考县,北濒黄河,历史上多次遭受水患,曾为此先后迁城六次。 [4][5][7][8][9]小宋集、东西马目、星星集、清德、兰阳集、袁寨:均为沿河村庄集镇名。 [6]大王爷:指黄河神。 [10]后四句:黄河洪水过后,水中的泥、沙沉淀,抬高了地面,袁寨的地面就搭高了六尺多。搭,加上,抬起。

【赏析】

这首歌谣如实地描述了黄河洪水决堤后的凶猛势头和极大危害性,以及造成的严重后果,闻之心惊胆战。语言朴实,气氛沉重。

春天白茫茫[1]

春天白茫茫,
夏天水汪汪[2],
秋天不见收,
冬天去逃荒[3]。

【注释】

[1]这首歌谣流传于黄河下游两岸地区,1990年代由张明心演唱、曲小君采录整理。 [2]春天白茫茫,夏天水汪汪:黄河洪水下去后,被淹土地都成了沙、碱地,不经旱,也不经淹,春天地上起盐碱,一片白茫茫的;夏天一下雨,就又满地水汪汪了。 [3]秋天不见收,冬天去逃荒:庄稼没长好,秋天也就没有多少收成,到冬天没粮食了,便只好出外逃荒。

【赏析】

这首歌谣诉说了黄河洪水水灾之后,受难地区的荒凉和百姓的贫困、窘迫,透露出当地百姓心情的沉重和浓浓的悲伤。

扶老携幼去逃荒[1]

冬春风沙狂,

夏秋水汪汪,

一年汗水半年糠,

缴租纳税恨官堂[2]。

扶老携幼去逃荒[3],

卖了儿和女,

饿死爹和娘……

【注释】

[1]这首歌谣流传于黄河下游两岸地区,1990年代由张明心演唱、曲小君采录整理。 [2]以上四句:写自然灾害严重,辛苦种地一年,收的粮食也不够吃,还要有半年吃糠咽菜,可是财主和官府的租子税赋却一点不少,让人心里恼恨。 [3]以下三句:写逃荒的日子更为艰难,活不下去只好卖掉儿女,年迈爹娘常被饿死。

【赏析】

这首歌谣同样写了黄河洪水水灾之后,受难地区的荒凉和百姓的贫困、窘迫,又进一步写了百姓们实在活不下去,只好"扶老携幼去逃荒"。但是逃荒并未逃脱苦难,他们流离失所,生活无着,最后甚至妻离子散,家破人亡。读之凄然,听之泣下。

开封城[1]

开封城,城摞城[2],
城下埋有几座城[3]。

【注释】

[1]这是一首流传于开封一带的歌谣。笔者多年前在河南大学读书的时候就有耳闻。开封地处黄河下游,是战国时魏国的国都,称大梁。北宋时的京城,称东京。共和国开国之时,为河南省的省会。现在是一个地级市。 [2]城摞城:城市和城市相摞叠。 [3]这句是对"城摞城"的解释与回答。据考古学家发掘证实,在今天的开封城下边,埋着魏大梁城、唐汴州城、北宋东京城、金汴京城、明开封城和清开封城六座城池。这不仅在中华民族的五千年历史上绝无仅有,在世界都城史上也是独一无二的。这座城市的兴衰和黄河有着很大的关系。作为魏都的开封,兴于梁惠王,毁于秦将王贲决鸿沟之水灌城。而鸿沟之水,就是从黄河引来的。史载,从金明昌五年(1194)至清光绪十三年(1887),不到七百年间的时间里,黄河在开封及其附近决口泛滥就达一百一十多次。元太宗六年、明洪武二十年、建文元年、永乐八年、天顺五年、崇祯十五年、清道光二十一年,开封七次被黄河淹没。

【赏析】

一首短短的歌谣,蕴含着丰富的内容。但要说清这首歌谣"城摞城"的故事,不是专业的人士还真有困难。但正因其复杂、丰富,才会被人们一再地唱起,一再地说起,一再地探讨和研究。

拉篷歌[1]

喂——来嗨！

抓紧大绠[2]，使猛劲啊，

一折一折，往上升啊。

一气升到，将军顶[3]啊，

紧靠鳌鱼，好使风啊。

满篷边角，送船行啊，

九曲三湾，随船转啊，

高手能使，八面子风。

哟！哟！哟！

【注释】

［1］这是流传于山东梁山一带升扯船篷时的歌谣。1938年由王诚志采录于运河上。口述者为孙兆秀。 ［2］大绠：较粗的大绳。 ［3］将军顶：船篷的最高处。

【赏析】

这是一首罕见的歌谣。它让我们知道，船工在升篷的时候是唱着歌的。唱歌是为了统一节奏，协调动作。可以说，那些需要很多一起完成的劳动，都是很费力气的工作。

拉纤(一)[1]

嗨呀哈！嗨！

栽下膀子，探下腰，

背紧纤绳，放平脚。

嗨呀哈嗨！

拉一程来，又一程噢，

不怕流紧，顶头风。

临清州里，装焦枣[2]，

顺水顺风，杭州城。

杭州码头，装大米，

一纤拉到，北京城。

嗨呀哈嗨！

万里长河，一条龙，

背紧纤绳，莫放松，

好比文王，拉太公[3]。

文王拉他，八百步，

太公保国，八百冬。

【注释】

[1]这是一首流传于山东梁山一带的拉纤歌谣。1938年由王诚志采录于运河上。口述人为孙兆秀。 [2]焦枣：经过特殊加工过的食用枣，可长时间存放。 [3]民间传说，文王拉姜子牙一百单八步，姜子牙保周朝的江山八百零八年。

【赏析】

一首拉纤歌唱出了拉纤人行走的艰辛和遥远。从临清到杭州，从杭州到北京。河流到哪儿，他们坚毅的脚步就走到哪儿。说是"拉纤"，可歌中一再唱到"背紧纤绳"，可见"背"是拉纤的一个重要细节。

拉纤(二)[1]

拉呀拉,拽呀拽,
一步一爬往前迈。
破衣烂衫难遮体,
背如弓来肩发柴[2]。

皇上头顶一块板,
前后珠子十八串。
哥们背着一块板,
拉得黄河水倒转。

上水累得腰腿疼,
下水我像坐朝廷。
有钱买得今朝醉,
管它哪天把命扔。

人说世上有三险,
跑马行船打秋千。
那些都是乐趣事,
世上唯有行船难。

过了蝎子湾,
望见桃花岸。
谁家的小姐擗花枝[3]?

见俺为啥捂起脸?

拉呀拉,拽呀拽,
前面来到龙王崖。
急流险滩船难挪,
哪个舅子^[4]腿哆嗦!

盘到济阳堆,
庙会真可观。
信男善女降香来,
戏台上昆曲唱得欢。

盘到洛口靠了岸,
扔下纤板换衣衫。
济南府里去逛逛,
管她小娘们^[5]在家难。

【注释】

[1]这是一首流传于山东滨州一带的拉纤歌。由常景良口述并记录。 [2]发柴:方言,瘦,不松软。 [3]擗花枝:用力把花枝拉下来。拉纤人"破衣烂衫难遮体",岸边的姑娘羞于看他们,连忙擗下身边的花枝遮住自己。 [4]舅子:方言,小舅子。骂人的话。 [5]小娘们:指自己年轻的老婆。

【赏析】

这首拉纤歌是一直在行走着呢!是边走边唱,看见什么说什么。除了说自己的破衣烂衫,"拉得黄河水倒转",也说"下水我像坐朝廷",靠岸去逛济南府。还讲了那些临河小姐羞于看见他们的窘态。白描般的现实主义,历历如在目前。

八仙[1]

钟离[2]祖师把扇摇,

洞宾[3]背剑任逍遥。

果老[4]骑驴回首看,

采和云板手中敲[5]。

国舅[6]吹箫能引凤,

湘子[7]竹篮盛仙桃。

仙姑笊篱[8]祥云坐,

拐李[9]葫芦瑞气飘。

【注释】

[1]这首歌谣是黄河船工和纤夫搬船或硪工打硪时唱的号子,流传于黄河下游地区,由山东东明左俊超提供。八仙,民间传说中的道教八位神仙,有汉代八仙、唐代八仙、宋元八仙,所列神仙各不相同,在吴元泰《东游记》中才确定八仙之名:汉钟离、铁拐李、张果老、蓝采和、何仙姑、吕洞宾、韩湘子、曹国舅。 [2]钟离:钟离权,东汉时人,故世称汉钟离。姓钟离,名权,字云房,一字寂道,号正阳子、和谷子。原为东汉大将,兵败入山中修道,是天下道教主流全真道祖师。 [3]洞宾:即吕洞宾,唐朝人,名嵒,字洞宾,道号纯阳子,自称回道人。原为儒生,六十四岁遇钟离权传丹法,道成,普度众生,被尊称为剑祖、剑仙。 [4]果老:唐朝人,姓张名果,号通玄先生。甘肃两当的道人,曾受武则天、唐玄宗征召,御赐邢州五峰山。由于年纪大,武则天时已过百岁,故世人尊称张果老。他常倒骑白驴,日行数万里。 [5]采和云板手中敲:采和即蓝采和,唐朝人,在淮南得道成仙,元杂剧《蓝采和》中说他姓许名坚,蓝采和是他的乐名。他常穿破烂衫,一脚穿靴,一脚跣露,手持大拍板,行于闹市,乘醉而歌,周游天下。 [6]国舅:曹国舅,姓曹名佾,因其为宋仁宗慈圣光献皇后之长弟,故世称曹国舅。他散尽家财,周济穷人。后隐迹山岩,修心炼性,被汉钟离、吕洞宾引入仙班。他美仪容,通音律。 [7]湘子:韩湘子,唐朝人,字清夫,生性放荡不羁,不好读书,只好饮酒。世传其拜吕洞宾门下学道成仙。 [8]仙姑:何仙姑,唐朝人,姓何名琼,一说姓何名秀姑。进山采果奉母,

遇仙长拜为师，后飞升成仙。笊篱：一种炊事工具，用枝条或铁丝编成，用于在热水或热油中捞出食物。［9］拐李：铁拐李或李铁拐，相传其为东周时人，名李凝阳或李洪水、李玄，字拐儿，自号李孔目。于华山、石笋山学道修道，曾经老子李耳点化。他精于药理医道，普救众生，身上常带装药的葫芦。

【赏析】

　　这首船工号子唱的是八仙故事，把八仙的形象及故事编入歌词，唱得轻松快意。

青铜峡的一百零八佛　摄影/孟宪明

纤夫曲[1]

打头的,弓着腰,

打二的,汗砸脚;

打三的,撅着腚,

打四的,带着病;

打五的,空肝肠[2],

打六的,背太阳……

【注释】

[1]这是流传于河北故城县一带的船工号子。由孟振东本人于1986年记录并演唱。 [2]空肝肠:饿着。肚里没饭。

【赏析】

这首歌谣像照片一样,是拉纤人的个体写真。一二三四五六,每个人都有其各自的特点。他们共同的特点是什么?歌谣没说,但却暗含在了里边,那就是,他们都是辛劳的人。

蓟蓟牙／摄影/孟宪明

生活歌谣

三门峡的黄河 摄影/王伟

小枣树[1]

小枣树，当风摇，
童养媳妇[2]真难熬。
公婆打，男人[3]骂，
一日三顿吃不饱。
有心逃出鬼门关，
爹娘要饭[4]无处找。

【注释】

[1]这是一首流传在河南一带的歌谣，孟宪明于1990年代搜集整理，口述者为其母亲。　[2]童养媳妇：这是旧时代的一种婚姻形式，即穷人家把未成年的女孩子送给男方家养着，换取一些钱财或粮食。这个女孩子便是男方家的童养媳妇，家庭地位极为低下，等同于奴仆丫鬟。待其成年后再正式结婚。　[3]男人：指女孩子未来的丈夫。　[4]要饭：讨饭，即当乞丐。

【赏析】

在那生活贫困艰难的时代，童养媳妇的生活处境尤为艰难悲苦，不仅干活劳累，吃不饱，穿不暖，还整天挨打挨骂受折磨。歌中用"熬""鬼门关"等字词，形象生动地反映出童养媳妇的凄惨境遇。

骂媒人婆[1]

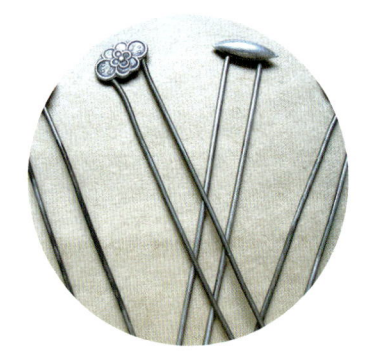

小媳妇,泪洇洇[2],

寻个婆家不称心。

路又远,河又深,

蹬住河沿[3]骂媒人。

媒人头,做皮牛[4];

媒人腿,做棒槌[5];

媒人肉,喂泥鳅[6];

媒人皮,喂鳖鱼。

媒人肠子挂树梢,

媒人骨头当柴烧。

扒他家墓,平他家坟,

死绝他家下辈人。

【注释】

[1]这是一首流传于河南地区的歌谣,由孟宪明于1990年代搜集整理,口述者为其母亲。媒人婆,即媒婆,以介绍男女婚姻为业的女性。 [2]泪洇洇:哭泣流泪的样子。 [3]河沿:指河堤。 [4]皮牛:陀螺,一种儿童游戏的玩具,多为木制,圆形,一头平,一头尖,用鞭子抽打使其在地上旋转。 [5]棒槌:一种劳动工具。木制,约为一尺五寸长、二寸粗细。用之捶打衣物使衣物易于洗涤或使衣物平展。 [6]泥鳅:一种鱼类,青黑色,鳞小,体形较圆长。

【赏析】

在婚姻局限于"父母之命,媒妁之言"的时代,媒婆的言语对一桩婚姻的成败有着举足轻重的作用。而一些媒婆为了媒事成功从而多得佣金和谢媒礼,往往不顾事实欺瞒一方或双方,因而造成了很多不如意婚姻。这首歌谣用一连串的排比句,表达了一个年轻妇人对媒婆的极度厌恶、仇恨和诅咒。

媳妇打个碗[1]

媳妇打个碗,

真是不得脸。

公公吵,婆子骂,

小姑子一旁说冷话[2]。

婆子打个瓮[3],

片片都人用。

大的奄[4]床腿,

小的还能塞老鼠洞[5]。

【注释】

[1]这首歌谣流传于河南地区,由孟宪明于1970年代搜集,口述者为其高中时的老师谢庆功。 [2]冷话:冷言冷语讽刺打击的话语。 [3]瓮:一种盛东西的陶器,口小肚大,可以装水、装酒、装菜等。 [4]奄:支或垫的意思。 [5]老鼠洞:老鼠的洞穴。旧时的房屋,多为土墙、土地面,老鼠常在墙壁上、地面上打洞做窝。

【赏析】

在旧时代,儿媳妇在家庭中的地位是极其低微的,干活,受气,所以打只碗都会受到全家的打骂。而家庭的另外一个外姓女人终于是"媳妇熬成了婆",娶了儿媳升为婆婆便一下子地位超然,虽打了只比碗贵重得多的瓮,却也是正正好的"片片都有用"。这首歌谣用媳打碗和婆打瓮两段歌词进行对比,生动地反映了旧时代家庭中人物关系和各种人物地位的真实情况。语言幽默风趣,生动感人。

婆家没有面和米[1]

婆家没有面和米,
我上娘家走亲戚。
我下车,拜俺爹,
俺爹坐那骡马车。
我下车,拜俺娘,
俺娘睡那顶子床[2]。
我下车,拜俺哥,
俺哥拿着钩担[3]不理我。
我下车,拜俺奶,
俺奶拄那龙头拐[4]。
俺奶说:
"妮儿,妮儿,别拜啦,
换上衣服做饭吧。
锅底插那劈柴火[5],
顶上馏那热蒸馍[6]。
妮儿,妮儿,多吃仁[7],
回你婆家啃窝窝[8]。"
俺奶送我到柳树行,
我搂着柳树哭一场。
"妮儿妮儿你几儿来[9]?"
"鸡子扎牙狗媸蛋[10],
棒槌开花石磙烂,
柏树落叶那一年。"

【注释】

[1]这首歌谣流传于河南地区,由张守镇于1990年代搜集整理。 [2]顶子床:床四周有栏,上面有顶的木制双人床,也称屋床。 [3]钩担:担水的工具。即扁担两头嵌上铁链钩,担水时水桶挂在两头铁钩上。 [4]龙头拐:头上雕龙的拐杖。 [5]劈柴火:劈好的用于烧锅的木柴。 [6]馏:把凉了的熟食蒸热。蒸馍:白面馒头。 [7]仳(方言土音念 yò):一个。 [8]窝窝:粗粮面做的、外形似馒头、内里有窑窝儿的食品。 [9]几儿来:方言,几时来,啥时候来。 [10]嬎(fàn)蛋:鸟禽类下蛋。

【赏析】

这首歌谣主要是炫耀娘家富足有财的,"骡马车""顶子床""龙头拐""热蒸馍"都是当时的富裕之家才用得上、吃得起的。语言风趣明快,主人公的自得之意跃然而出。表达了劳动人民对富足美好生活的向往。

藏于民俗馆内的马拉轿车 摄影/孟宪明

木锨板[1]

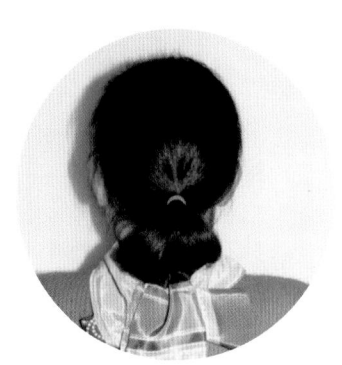

木锨板,挖黏黏[2],
俺娘不给我打[3]银线。
做的花袄没有门儿,
俺娘不给我做花裙儿。
做的花裙没有褶儿,
俺娘不给我做花靴。
做的花靴底子薄,
俺娘不给我做裹脚[4]。
织的裹脚一丈长,
扭啦扭啦大路上。
官看见,哈哈喜,
秀才看见光想娶。
秀才秀才别忙哩,
后头还有俺娘哩。
俺娘说:
"一个闺女十七八,
穿白绫[5],戴红花,
拿着钥匙不当家。"
秀才秀才别忙哩,
后头还有俺爹哩。
俺爹说:
"一个闺女十七八,
穿白绫,戴红花,

拿着钥匙不当家。"

秀才秀才别忙哩,

后头还有俺哥哩。

俺哥说:

"俺的妹妹十七八,

穿白绫,戴红花,

拿着钥匙不当家。"

秀才秀才别忙哩,

后头还有俺嫂哩。

俺嫂说:

"一个闺女十七八,

穿白绫,戴红花,

拿着钥匙不当家。

裹裹脚叫她走了吧。"

【注释】

[1]这首歌谣流传于河南地区,由张守镇于1990年代搜集整理。木锨,家用工具名,木头木把,长柄,样式与铁锨相似,铲东西用。 [2]黏黏(nián):黏米面做的黏糕。 [3]打:此处是买的意思。 [4]裹脚:指裹脚布。 [5]绫:桑蚕丝织品,是斜纹底上起斜纹花的传统丝织物,光滑柔软,质地轻薄。

【赏析】

这首歌谣前边写一个娇女孩儿给娘跟前儿撒娇讨要各种东西,下边写爹娘哥嫂对女孩儿婚事的态度。刻画出了女孩儿娇蛮、任性的可爱形象,表现出爹娘哥嫂对女孩儿的远近亲疏关系的不同。同时反映了那个时代的女子择偶观,即首选是做官的和读书人。歌词反复咏唱,却没有给人以重复的感觉。

俺想亲娘谁知道[1]

绣房坐得好心焦,

后花园里转三遭[2]。

东边瞅,西边瞧,

望见娘家的柳树梢。

柳树枝上莺哥叫,

俺想亲娘谁知道。

【注释】

[1]这首歌谣流传于河南地区,由刘凯靖于1990年代搜集整理。 [2]三遭:三趟,三次,三圈。

【赏析】

一个年轻姑娘离开爹娘嫁到婆家,身处陌生的环境和陌生的人群,难免胆怯、孤独,这首歌谣写出了女子的寂寞和强烈的思亲之情。女子在后花园即能"望见娘家的柳树梢",可见距离不远。相距咫尺却不得见,说明女子嫁了个富户(有后花园,规矩大),被管束着。反映出那个时代年轻媳妇在婆家的处境及不得自由的现实。

请姑娘[1]

请姑娘，请姑娘，
问问姑娘忙不忙？
咋不忙，咋不忙，
还割豆子还打场[2]。
还有两件破衣裳，
还没洗，还没浆，
洗洗浆浆就停当。
四封果子[3]两封糖，
婶子大娘都尝尝。

【注释】

[1]这首歌谣流传于河南地区，由张守镇于1990年代搜集整理。请姑娘，接出嫁的闺女回娘家。姑娘，指出嫁的闺女。 [2]打场：麦子、豆子、高粱、谷子等农作物收割后在土场上脱粒。 [3]四封：四包。果子：指传统糕点。

【赏析】

这首歌谣反映了河南一带民间关于秋收农忙后请出嫁的闺女回娘家以及携带糕点、糖果的风俗。语言自然明快，朗朗上口。

十月歌[1]

正月里,正月正,
娘请闺女看花灯[2]。
看罢灯送走你,
打这[3]都不去请你。
亲娘啊,你忘啦,
啦啦哩[4],啦啦哩,
啦啦哩哩二月里。

二月有个二月二,
娘请闺女吃凉粉儿[5]。
吃罢凉粉儿送走你,
打这都不去请你。
亲娘啊,你忘啦,
啦啦哩,啦啦哩,
啦啦哩哩三月里。

三月里来三月三[6],
娘请闺女换单衫。
换罢单衫送走你,
打这都不去请你。
亲娘啊,你忘啦,
啦啦哩,啦啦哩,
啦啦哩哩四月里。

四月里来四月八,
娘请闺女吃黄瓜。
吃罢黄瓜送走你,
打这都不去请你。
亲娘啊,你忘啦,
啦啦哩,啦啦哩,
啦啦哩哩五月里。

五月里来五月五,
娘请闺女过端午。
过罢端午送走你,
打这都不去请你。
亲娘啊,你忘啦,
啦啦哩,啦啦哩,
啦啦哩哩六月里。

六月里来六月六,
娘请闺女吃腊肉。
吃罢腊肉送走你,
打这都不去请你。
亲娘啊,你忘啦,
啦啦哩,啦啦哩,
啦啦哩哩七月里。

七月里来七月七,

娘请闺女吃烧鸡。
吃罢烧鸡送走你,
打这都不去请你。
亲娘啊,你忘啦,
啦啦哩,啦啦哩,
啦啦哩哩八月里。

八月里来八月八,
娘请闺女吃打瓜[7]。
吃罢打瓜送走你,
打这都不去请你。
亲娘啊,你忘啦,
啦啦哩,啦啦哩,
啦啦哩哩九月里。

九月里来九月九,
娘请闺女喝高酒。
喝罢高酒送走你,
打这都不去请你。
亲娘啊,你忘啦,
啦啦哩,啦啦哩,
啦啦哩哩十月里。

十月里来十月十,
娘请闺女吃面梨。
吃罢面梨送走你,

打这都不去请你。
亲娘啊，你忘啦，
啦啦哩，啦啦哩，
啦啦哩哩疼闺女。

【注释】

[1]这首歌谣流传于河南地区，由张守镇于1990年代搜集整理。[2]看花灯：民间有正月十五看花灯的习俗。[3]打这：从这个时候。[4]啦啦哩：语气衬词，无实际意思。[5]吃凉粉儿：民间有二月二吃炒凉粉儿的习俗。[6]三月三：上巳节，也称女儿节。农历三月，河南一带到了衣服换季的时候，所以民间有给出嫁的闺女准备单衣，接闺女回来换衣的习俗。[7]打瓜：西瓜的一个变种，与西瓜相似，个头比西瓜小，瓜子多且比西瓜子稍大。

【赏析】

这首歌谣写十个月十请闺女，塑造了一个活生生的嘴硬心软的民间慈母形象和一个聪明懂事的女儿形象。"知母莫若女"，最后一句"亲娘啊，你忘啦……啦啦哩哩疼闺女"，卒彰显其志，点明了歌谣的主题。语言自然而亲切，"啦啦哩，啦啦哩"衬词的运用，愈感其母女情真与情深。

常用作请闺女的太平车　摄影/孟宪明

小红盆[1]

小红盆,侧棱着[2],

今年不胜年社个[3]。

年社守着爹娘过,

今年守的是公婆。

人家坐着咱站着,

人家吃着咱看着。

人家吃罢咱刷锅,

刷了一摞又一摞。

锅底刨个剩窝窝,

咬一口叫婆跺一脚。

偏巧哥哥来请我,

我强装笑脸让哥坐。

问爹好,问娘安,

再问小侄欢不欢[4]。

【注释】

[1]这首歌谣流传于河南地区,由张守镇于1990年代搜集整理。 [2]小红盆,侧棱着:起兴句,无实际意义。侧棱着,即侧歪着。 [3]年社个:方言,去年个,去年的时候。 [4]欢不欢:活泼不活泼,健康不健康。

【赏析】

  一个新婚的女子,本该幸福甜蜜地和丈夫生活着,却受苦受累,吃穿不济,日日受着婆家人的挫磨。心里苦无人诉,不敢诉,见了娘家哥还要"强装笑脸让哥坐",实在让人心疼眼发酸。这首歌谣如实反映了那个时代女子的生活状态和社会现实。

小媳妇[1]

小媳妇,想娘家,
想着想着哥来啦。
跑出屋,笑哈哈,
搬个板凳你坐下。
问爹好,问娘安,
问问小侄欢不欢?
回绣楼,问婆婆,
我回娘家住几天?
有事你就住半月,
冇[2]事就住七八天。
回到绣楼细打扮,
戴上俺的五凤冠[3]。
青丝褂,套红衫,
蓝绫裙子腰里缠。
粉红裤腿绿丝带,
红缎小鞋颜色鲜。
走一走,转一转,
比那仙女还好看。

【注释】

[1]这首歌谣流传于河南地区,由张守镇于1990年代搜集整理。 [2]冇(mǎo):没有。 [3]五凤冠:镌有五只凤鸟花样的头饰。

【赏析】

这首歌谣写的是年轻媳妇的生活。从侧面反映了那个时代已婚年轻女子在穿衣打扮方面的风俗习惯。

裹小脚^[1]

裹小脚，寻^[2]秀才，
吃着烧饼^[3]送肉来。

裹大脚，寻年作^[4]，
推罢磨了拾柴火。

【注释】

［1］这首歌谣流传于河南地区，由孟宪明于1990年代搜集整理，口述者为聂秀云老太太。裹小脚是封建社会至二十世纪四十年代中国社会存在的一项陋规恶俗，即女孩子五六岁就开始裹脚，用长条棉布把脚缠裹结实，不让其自然成长，致使双脚脚骨弯曲变形，成为一个肉骨嘟。［2］寻（方言土音念xín）：在此处意为嫁。［3］烧饼：在炭火上烤制的白面咸饼。［4］年作：按年受雇于人做农活的人。

【赏析】

在封建社会，人的思想扭曲，审美眼光也跟着扭曲，以丑为美，不可思议。很长时期内，中国男人对女性的美丑评判以脚的大小论之，脚小即是美女，脚大即是丑女，官方民间概莫能外。这首歌谣以脚小嫁秀才享福、脚大嫁年作受苦作对比，来教育女孩子们不裹小脚的严重后果。

吃嘴老婆[1]

吃嘴老婆卖簪子[2]，
卖喽簪子买胭脂。
胭脂好，好胭脂，
再不能别我的银簪子。

吃嘴老婆卖裤子，
卖喽裤子买瓠子[3]。
瓠子香，香瓠子，
再不能穿我的新裤子。

吃嘴老婆卖帘子，
卖喽帘子买丸子[4]。
丸子香，香丸子，
再不能挂我的好帘子。

吃嘴老婆卖花袄，
卖喽花袄买樱桃。
樱桃甜，甜樱桃，
再不能穿我的花棉袄。

吃嘴老婆卖笆斗[5]，
卖喽笆斗买香油。
香油香，香香油，

再不能拎我的新笆斗。

吃嘴老婆卖布衫[6]，
卖喽布衫买挂面。
挂面细，细挂面，
再不能穿我的新布衫。

吃嘴老婆卖花靴，
卖喽花靴买小麦。
小麦香，香小麦，
再不能穿我的新花靴。

吃嘴老婆卖耳坠儿[7]，
卖喽耳坠儿买糖棍儿。
糖棍儿酥，酥糖棍儿，
再不能戴我的金耳坠儿。

浑身衣裳都卖净，
还没吃上麦黄杏[8]。
浑身衣裳都卖光，
也没喝上胡辣汤[9]。

【注释】

［1］这首歌谣流传于河南地区，由张长于1990年代搜集整理。吃嘴，即好吃、爱吃，如现在说的吃货。老婆，指结过婚的女性。 ［2］簪子：盘发时用的工具饰品，有木、竹、铜、铁、金、银等材质。 ［3］瓠（hù）子：葫芦科植物，可以做菜品。 ［4］丸子：用各种食材做成的圆球形食品，多过油炸。 ［5］笆斗：用去皮柳

条编织成的圆形篮子，密不漏水，上有提手。［6］布衫：用棉布做的上衣。［7］耳坠儿：戴在耳朵上的饰品。［8］麦黄杏：杏的一个品种，每年麦收时成熟。［9］胡辣汤：河南地区的特色食品，是带有胡椒香辣味的一种粥品。

【赏析】

中原人向来以勤俭为美德，以懒馋为恶行，尤其是对女人，要求更是严苛。这首歌谣讽刺鞭挞了一个妇人贪吃的行为，多个段落，从头到脚，反复吟唱，只为警示人们：卖光家财，最后会落得衣食无着的下场。

笆斗　摄影/孟宪明

懒老婆[1]

花母鸡,挠草垛,

一挠挠出个懒老婆。

她妈叫她去刷锅,

她搁锅里洗洗脚。

她妈叫她去刷碗,

她搁碗里洗洗脸。

她妈叫她去刷盆儿,

她搁盆儿里洗腚垂儿。

她妈叫她去刷缸,

她搁缸里洗脊梁。

她妈叫她去看茄子,

她搁茄子棵里尥蹶子[2]。

她妈叫她看芝麻,

她搁芝麻棵里比妈妈[3]。

她哩妈妈小,

人家哩妈妈大,

她给人家吵一架。

【注释】

[1]这首歌谣流传于河南地区,由张守镇于1990年代搜集整理。 [2]尥(liào)蹶子:马、骡、驴等跳起来用后腿向后踢。此处是说"懒老婆"乱蹦跶。 [3]妈妈:此处指女性乳房。

【赏析】

这首歌谣里的"懒老婆",似乎是个被惯坏的刁蛮的处于逆反期的小姑娘,肆意妄为,不计后果。用夸张手法写其对她妈的反叛,幽默而风趣。

小槐树[1]

小槐树,槐又槐,
槐树底下搭戏台。
人家的闺女都来了,
俺的闺女咋不来?
寻个女婿不成材[2],
歪戴帽子趿拉鞋[3]。
又抽烟来又打牌,
闹得全家合不来[4]。

【注释】

[1]小槐树:这首歌谣流传于河南地区,由孟宪明于1990年代搜集整理。口述者为其母亲。 [2]不成材:此处意思是不正干,二流子。 [3]歪戴帽子趿拉鞋:民间二流子的形象,二流子的打扮。 [4]合不来:说不到一块儿,争吵闹矛盾。

【赏析】

这首歌谣描绘了一个二流子、社会混混的形象,这样的人是被社会所谴责、所排斥的。所以歌词中充满了厌恶和指责的意味。

小黄鹭[1]

小黄鹭，黄又黄，
打了麦，净了场，
扛着篮子去看娘[2]。
俺娘让俺板凳坐，
"起来起来客要坐。"
俺娘让俺坐门槛，
"起来起来我过过。"
俺娘让俺石头坐，
"起来起来捶裹脚[3]。"
俺娘让俺砖头坐，
"起来起来堵鸡窝。"
俺娘让俺喝盅酒，
过来过去用眼瞅。
俺娘让俺喝碗茶，
过来过去用眼斜[4]。
俺娘让俺吃块馍，
过来过去用眼戳[5]。
俺娘让俺喝碗汤，
过来过去用眼张[6]。
俺也不喝您的酒，
也不叫你用眼瞅。
俺也不喝您的茶，
也不叫你用眼斜。

俺也不吃您的馍,

也不让你用眼戳。

俺也不喝您的汤,

也不让你用眼张。

【注释】

［1］这首歌谣流传于河南地区,由孟宪明于1990年代搜集整理。口述者为其母亲。［2］扢（kuǎi）着篮子去看娘:中原民间有出嫁的姑娘麦罢看娘的习俗。［3］裹脚:指裹脚布。［4］用眼斜（方言土音 sà）:不正眼看。［5］用眼戳:狠狠地看一眼。［6］用眼张:瞪大眼望。

【赏析】

千百年来,婆媳矛盾、姑嫂矛盾一直是民间家庭绕不开的结,解决不好,也消弭不了。这首歌谣便反映了常见的姑嫂矛盾,出嫁的女儿欢欢喜喜来瞧亲娘,却让那娘家嫂子打消了兴致,坐,坐不下;喝,喝不顺;吃,也吃不成。嫂子不拿正眼瞧,姑子亦是处处怼回去,来了个针尖对麦芒。语言生动活泼,把一对不合拍的姑嫂写得活灵活现。

欢心的野花　摄影 / 孟宪明

皂角树[1]

皂角树，树皂角，
婆家花轿来娶我。
大哥陪送箱子柜，
二哥陪送八仙桌，
三哥陪送穿衣镜，
四哥陪送银木梳。
大嫂送我香脂粉，
二嫂送我鸡鸭鹅，
三嫂教我做茶饭，
四嫂教我卷[2]公婆。
哎哟哟，嫂子哟——
只有公婆卷媳妇！
哪有媳妇卷公婆？
天打雷轰你替我？

【注释】

[1] 这首歌谣流传于河南地区，由张守镇于1990年代搜集整理。皂角树，即皂荚树，豆科植物，属落叶乔木。皂角呈豆荚状，可以入药，亦可以当肥皂用，是中国特有的植物。 [2] 卷：方言，骂的意思。有的地方也作"噘"。

【赏析】

这首歌谣写一个姑娘出嫁在即，四个哥哥四个嫂嫂各自送上陪嫁物品和礼物，高高兴兴，欢欢喜喜。但是在这场喜事中，却出现了一丝不合谐音：四嫂教唆"卷公婆"，姑娘是个懂事的，当即给四嫂以反驳："哪有媳妇卷公婆？"对这种挑唆矛盾的搅事精予以谴责。歌谣充满正义之感。

小红鞋[1]

小红鞋,底子[2]窄,
俺娘请我住半月。
嫂子嫌我来得勤,
铁打的钥匙锁住门。

【注释】

[1]这首歌谣流传于河南地区,由张守镇于1990年代搜集整理。 [2]底子:指鞋底。

【赏析】

这首歌谣亦是反映姑嫂矛盾的,嫂子干脆锁上门,不让小姑进家。说明家庭中姑嫂矛盾存在的普遍性。无解的千年话题!

小红鞋,底子窄　摄影/孟宪明

没娘孩真难过[1]

小白鸡,挠草垛,

没娘孩,真难过。

跟爹睡,爹打我;

跟娘[2]睡,娘拧我;

跟狗睡,狗咬我;

跟猪睡,猪拱我;

跟鸡睡,鸡叨我。

亲娘唉,该咋着?

想个法儿你带着我。

【注释】

[1]这首歌谣流传于河南地区,由孟宪明于1990年代搜集整理,口述者为其母亲。[2]娘:这个"娘"显然指的是后娘。

【赏析】

在旧时代,医疗条件差,妇女地位低,所以育龄女性死亡率很高,这就有了很多没娘的孩子。男人丧妻再娶很正常,后母虐待非亲生孩子也很普遍,而父亲往往很少顾及这些"小"事,于是"没娘孩"挨打受骂被虐待的事就不可避免的产生了。这首歌谣便是反映没娘孩的苦楚的,一个尚不能独立睡觉的孩子可见其幼小,连睡觉都成了大问题。后两句"亲娘唉,该咋着?想个法儿你带着我"是孩子无奈的呼喊,催人泪下。

小白菜[1]

小白菜,地里黄,

三生两岁没了娘。

跟着爹爹还好过,

就怕爹爹娶后娘。

娶了后娘三年整,

生个弟弟比我强。

弟弟吃肉俺喝汤,

端起碗来泪汪汪[2]。

亲娘想我谁知道,

我想亲娘哭一场。

【注释】

[1]这首歌谣流传于河南地区,由张守镇于1990年代搜集整理。[2]泪汪汪:伤心哭泣的样子。

【注释】

这也是一首叙说没娘孩的委曲与悲苦的歌谣,用自己与弟弟作对比,更衬出其生活的艰难与凄凉。整首歌谣充满忧愁和哀伤。

麻野鹊尾巴长[1]

麻野鹊,尾巴长,

娶了媳妇忘了娘。

把娘背到地墒沟[2],

媳妇背到床头上。

做好饭,媳先尝,

吃罢饭,想起娘。

地墒沟里去找娘,

她娘变成屎壳郎[3]。

【注释】

[1]这首歌谣流传于河南地区,由孟宪明于1990年代搜集整理,口述者为其母亲。麻野鹊,灰喜鹊。 [2]地墒沟:田地里用以浇水或排水的土沟。 [3]屎壳郎:学名蜣螂,属鞘翅目金龟总科,主要以动物粪便为食。

【赏析】

这首歌谣是谴责不孝顺儿子的。儿子不孝顺的原因是娶了媳妇,娶了媳妇便忘了娘,归根结底还是媳妇不好,挑唆儿子忘了父母之恩,实际上是家庭婆媳矛盾的另一种表现形式。中国的孝道思想非常严重,"百善孝为先",不孝那便是百恶之首,是大逆不道的。所以不同于"没娘孩"无奈的哭泣哀怨,这里是控诉、谴责、指斥。

小黑驴儿[1]

小黑驴儿，呱嗒嗒[2],

一气儿跑到丈人[3]家。

丈人丈母不在家，

帘子后边看见她[4]。

雪白脸儿，官粉搽。

天青帽儿，蝴蝶花。

雪白手，红指甲，

红缎子小鞋海棠花。

我回家，告俺妈，

卖田地，来娶她。

【注释】

［1］这首歌谣流传于河南地区，由孟宪明于1990年代搜集整理，口述者为其母亲。 ［2］呱嗒嗒：状声词，形容小黑驴跑路时蹄子踏地的声音。 ［3］丈人：岳父，指未婚妻的父亲。 ［4］她：代指未婚妻。

【赏析】

这首歌谣写小伙子偷会未婚妻。小伙子觑得一个丈人丈母都不在家的机会，溜进去想会未婚妻，虽隔着帘子，也看到了未婚妻的美貌，立时下了决心，"卖田地，来娶她"。抒情直白，坦率、坦然。

花学生[1]

花学生,骑花马,

一跑跑到丈人家。

大嫂慌得去接马,

二嫂慌得去接鞭,

三嫂慌得搬椅子,

四嫂打火装上烟,

五嫂烧茶六嫂送,

七嫂烙饼八嫂翻,

九嫂打发十妮睡,

一碗豆腐一碗扁[2]。

【注释】

[1]这首歌谣流传于河南地区,由孟宪明于1990年代搜集整理,口述者为其母亲。花,这里有好、漂亮英俊之意。学生,指读书人。 [2]扁:扁食的简称,即饺子。

【赏析】

这首歌谣写"花学生"去丈人家会未婚妻。完全不同于种田小伙去会未婚妻的偷偷摸摸、胆胆怯怯,而是光明正大打马跑了去,丈人家九个嫂子热情接待,接马接鞭,搬椅端茶,烙饼做馍,包饺子做菜,把家里最好的都拿了出来。反映出人们对读书人的尊重和读书人不低的社会地位。

小板凳[1]

小板凳,格登登[2],

我上姥家住一冬。

姥娘看见心欢喜,

妗子[3]看见黑着脸。

妗子妗子你别抠[4],

豌豆开花[5]俺就走。

谁家坑里冇[6]泥鳅?

谁家河里有石头?

谁家小孩冇舅舅!

【注释】

[1]这首歌谣流传于河南地区,由张守镇于1990年代搜集整理。 [2]格登登:小板凳矮小结实的样子。 [3]妗子:舅母,外甥对舅舅妻子的称呼。 [4]抠(kōu):吝啬,小气。 [5]豌豆开花:豌豆为豆科草本攀缘植物,豆棵绿色,豆荚绿色,农历四月上旬开花,四月下旬成熟。 [6]冇:没有。

【赏析】

这首歌谣写小孩子与妗子的矛盾,是家庭姑嫂矛盾的延伸。小孩说要在姥娘家住一冬,实际是一冬加一春半年时间,连吃带穿,在物资匮乏的年代这实在是个不小的负担。妗子自然不高兴并且带到了面上来,小孩却不肯受一点委屈,直接以老传统老规矩来驳斥妗子。反映出旧时代外孙到姥娘家住冬过春的习俗,说明妗子的行为在当时社会是受指责的。

拨灯棍儿[1]

拨灯棍儿,拨灯头儿[2],
爷爷娶个烂眼猴儿[3]。
还搽粉儿,还抹油儿,
爷爷鬼哩爬墙头[4]。

拨灯棍儿,打灯花儿[5],
爷爷娶个小青蛙[6]。
还搽粉,还戴花,
爷爷乐哩笑哈哈。

【注释】

[1]这首歌谣流传于河南地区,由张守镇于1990年代搜集整理。拨灯棍儿,点油灯时用来拨灯芯儿的小棍儿。 [2]灯头儿:指油灯的火苗。 [3]烂眼猴儿:对患眼疾、眼睑红肿者的蔑称。 [4]鬼哩爬墙头:高兴、得意得忘乎所以。 [5]灯花儿:灯头儿。 [6]爷爷娶个小青蛙:形容爷爷娶的新人年轻又矮小。

【赏析】

这首歌谣把"爷爷"娶了一个年轻漂亮小妻子后的得意忘形和手舞足蹈的状态描写得生动形象,惟妙惟肖。语言幽默风趣,又带着一些轻微的讥诮讽刺嘲笑。

小梅花[1]

小针扎[2]，腊梅花，

通常[3]不走姥娘家。

姥娘看见给花戴，

妗子看见给粉搽。

姥爷看见嘻嘻笑，

舅舅看见说婆家。

说哪儿，说大庄儿，

七匹骡子八匹马。

看了[4]一个好日子，

吹吹打打送婆家。

挤挤揣揣[5]乱一天，

黑了又把富柜扒。

打开箱，好衣裳，

打开柜，红绫被，

红缎子小鞋七八对。

西瓜皮，做成袄，

冬瓜皮，做成袖，

茄子开花一行扣。

【注释】

[1]这首歌谣流传于河南地区，由张守镇于1990年代搜集整理。[2]针扎：存放缝衣针的小工具，用布做成长四五指长的圆条，用以插放各种缝衣针。[3]通常：平常，日常。[4]看了：此处是挑选、选择的意思。[5]挤挤揣揣：方言，人多拥挤、忙碌的样子。

【赏析】

　　这首歌谣写给女孩说婆家。"嫁汉，嫁汉，穿衣吃饭"，一句俗语道出了旧时代女子的择偶观念。舅舅给外甥女说婆家自然要挑好的人家、富裕的人家。"七匹骡子八匹马"是当时的富户标准，由此也可窥到当时的社会经济状况。当然，这首歌谣是对女孩子的调侃之语，所以充满诙谐、打趣之意味。

20 世纪 90 年代中原农村婚礼天地桌上的摆设几乎没变，只是把铜镜换成了铜锣

摄影 / 孟宪明

小楝树[1]

小楝树,开紫花,

她娘生她姊妹仨。

大的会写字,

二的会绣花,

三的不会弄任啥[2]。

她娘说,死喽吧。

她爹说,可别死,

我给你找个好婆家。

还有楼,还有瓦,

还有骡子还有马。

还有丫鬟侍候她,

还坐轿车回娘家,

三妮笑成一朵花。

【注释】

[1]这首歌谣流传于河南地区,由张守镇于1990年代搜集整理。 [2]不会弄任啥:方言,啥也不会干。

【赏析】

爹要给三闺女找个好婆家:有楼房,有骡马,有丫鬟侍候,出门还有轿车坐。虽是调侃之语,却也写出了人们理想中的生活样子。这首歌谣语言明快自然,幽默风趣,表达了对美好生活的追求和向往。

纺棉曲[1]

一更[2]里,去纺棉,
儿子站在我面前。
没有犁子没有耙,
咋叫儿子种庄田?
纺了花,赚了钱,
买来犁子买来耙,
好叫儿子去耕田。

二更里,去纺棉,
孙子站在我面前。
没有小锣并小鼓,
咋叫孙子拿着玩?
纺了花,赚了钱,
买来小锣和小鼓,
好叫孙子拿着玩。

三更里,去纺棉,
媳妇站在我面前。
没有米,没有面,
咋叫媳妇去做饭?
纺了棉,赚了钱,
买来米,买来面,
好叫媳妇做茶饭。

四更里,去纺棉,
闺女站在我面前。
没有针,没有线,
咋叫闺女学手段[3]?
纺了棉,赚了钱,
买来针,买来线,
好叫闺女学手段。

五更里,去纺棉,
老头站在我面前。
没有烟袋没火镰[4],
咋叫老头去吸烟?
纺了棉,赚了钱,
买来烟袋和火镰,
好叫老头去吸烟。

【注释】

[1]这首歌谣流传于河南地区,由张守镇于1990年代搜集整理。 [2]更:古时夜间的计时单位和方法,一更一个时辰即现在的两个小时,一夜分五更,晚七时进入一更,晚九时进入二更,夜十一时进入三更,晨一时进入四更,晨三时进入五更。打更人在几更时就敲几下梆子报更。 [3]学手段:学本事,学本领。 [4]火镰:火镰子,旧时代的取火工具,由火刀、火石和火煤组成,后来被火柴所取代。

【赏析】

这首歌谣写一个奶奶辈的老年女性彻夜纺棉,并以此换钱来解决家庭的各种生活问题。反映了劳动妇女的吃苦耐劳、日夜劳作的生活状况,以及女性的劳动所得对家庭经济的支撑作用。

泥瓦匠[1]

泥瓦匠，没有房，
纺织娘[2]，没衣裳。
卖盐的，喝淡汤，
种地的，吃秕糠[3]。
磨面的，吃瓜秧，
卖糖的，苦难当。
炒菜的，光闻香，
编凉席的睡光床。
卖棺材[4]的死路旁。

【注释】

[1]这首歌谣流传于河南地区，由张长于1990年代搜集整理。泥瓦匠，以垒墙盖房为业的手艺人。 [2]纺织娘：以纺花织布为业的女性。 [3]秕糠：秕和糠。秕是粮食中没有长饱满的籽粒，糠是粮食磨面后剩下的皮麸。 [4]棺材：承载人类遗体的柜子，多为松、柏等木制。

【赏析】

这首歌谣连写九种职业的人干啥享用不到啥，有力地控诉了社会的不公和社会资源的分配不合理，为底层劳动人民发出了不平的呐喊。

穷光蛋[1]

穷光蛋，衣裳烂，

走远路，冇盘缠[2]。

卖公鸡，会打鸣；

卖母鸡，会媷蛋；

卖孩子，心里酸；

卖老婆，不值钱。

想来想去真作难。

【注释】

[1]这首歌谣流传于河南地区，由张守镇于1990年代搜集整理。穷光蛋，指极为贫穷的人，含轻蔑意。 [2]冇：没有。盘缠：路费，旅费。

【赏析】

这首歌谣写一个穷光蛋想出远门，却没有路费盘缠，于是便想卖些东西来筹钱，卖什么都舍不得，卖老婆舍得却又不值钱，解决不了实际问题。这个穷光蛋实在让人同情不起来，不想着干活挣钱而是想着卖老婆，也是个二流子。

单改棉[1]

单改棉,棉改单,

补丁摞着补丁穿。

单衣补得比棉厚,

棉衣套得薄似单。

全家伙盖一条被,

胳膊腿多数不完。

【注释】

[1]这首歌谣流传于河南地区,由张守镇于1990年代搜集整理。

【赏析】

这首歌谣描写了极度贫困下的劳苦民众的穿衣情况,贫困造成的节俭更让人同情、怜悯、心痛。

旧时结婚用的万家被 摄影/孟宪明

春荒谣[1]

好过的正月，

难过的二月，

见神见鬼是三月，

哭爹喊娘是四月。

【注释】

[1] 这首歌谣流传于河南地区，由孟宪明于1990年代搜集整理。口述者为孟宪荣。春荒，指春天青黄不接时的饥荒。

【赏析】

这首歌谣形象地描写农民在春天几个月的饥荒程度。旧时代粮食产量低，大部分农民土地少，一年产的粮食不够一年吃，每年一到春天就没有吃的东西了。正月里有点过年的东西还算好过，进入二月就难过了，也还能凑合；三月里把麸糠野菜甚至树叶都弄来填肚子；四月最难挨，能吃的东西实在太少，常有小孩子哭爹喊娘的喊饿。

野菜白蒿　摄影／孟宪明

乞讨歌[1]

小黄狗,你别咬,

不跟您掌柜的[2]要多少。

小黄狗,生得怪,

翻穿皮袄毛朝外[3]。

老太太,行行好[4],

临老[5]穿那绫罗袄。

老太太,行行善,

临老穿那绫罗缎。

拿馍拿个窝窝头,

先住瓦房后住楼。

要拿面,拿好面[6],

又好吃来又好看。

老太太,好行善,

俺来路边借盘缠[7]。

借您的谷子还您米,

借您的粗布还绸缎。

借铜钱,还银圆[8],

借一针,还一线,

一丝一毫不敢瞒,

转好年景本利[9]还。

【注释】

　　[1]这首歌谣流传于河南地区,由张守镇于1990年代搜集整理。 [2]掌柜的:这里指小黄狗的主人。 [3]翻穿皮袄毛朝外:这是句俏皮大实话,因为小黄狗的毛本

来就朝外长。［4］行行好：同行行善，好即是善。［5］临老：老人最后的时光。这是句恭维话，意为祝老人临老有好衣服装裹。［6］好面：白面，小麦磨出的面粉。［7］盘缠：路费。［8］银圆：用银子铸造的圆形钱币，比铜钱值钱。［9］年景：指庄稼收成的好坏。本利：本金和利息。

【赏析】

　　这首乞讨歌谣写乞讨者在乞讨时的表现，先是对施舍者恭维、讨好，接着是表态度要借差还好，以激发施舍者的怜悯之心，表现了底层人民的生活智慧。这些乞讨者并非是以乞讨为业的人，他们都是有家有业，只是因为年景不好，口粮不继，才出来乞讨以维系生命。所以他们说的"还"是可信的。

能吃的野菜　摄影/孟宪明

小长工[1]

小长工,泪涟涟[2],
听说割草去磨镰。
青草芦草他不割,
割了一篮毛毛眼[3]。
老驴也不吃,小驴也不看,
掌柜的卷[4]他王八蛋。
掌柜的你先别卷,
俺冇[5]吃你的啥好饭。
一升谷子一升糠[6],
蒸的窝窝带翅膀[7],
一下飞到杨树上。
钩杨叶,烧杨汤,
窝窝窝窝你下来,
再蒸窝窝不掺糠。

【注释】

[1] 这首歌谣流传于河南地区,由张伸于1990年代搜集整理。小长工应是未成年的童工。 [2] 泪涟涟:伤心哭泣的样子。 [3] 毛毛眼:又叫毛儿眼,一种野草,有毒。 [4] 卷:骂。 [5] 冇:没有。 [6] 糠:谷子碾米脱下的谷皮。 [7] 掺糠蒸的窝窝外边带着糠刺,所以说"带翅膀"。这里用了夸张手法。

【赏析】

这首歌谣写"小长工"对雇主剥削、虐待的反抗。有压迫就有反抗。雇主不给好饭食,小长工就不好好干活,雇主指责就讲道理,最后斗争取得了胜利,"再蒸窝窝不掺糠"。

饿死饿活[1]

饿死饿活,

可别给财主做活。

七天哩剩糊涂[2],

八天哩霉窝窝。

确[3]一盘子蒜,

光看不叫蘸。

调了半碗秦椒[4],

光叫看不叫叨[5]。

晌午饭,擀面条,

财主先把稠哩捞。

清汤要多喝一碗,

财主黑着大驴脸。

【注释】

[1]这首歌谣流传于河南地区,由张守镇于1990年代搜集整理。 [2]糊涂:用粗面做的粥一类的食物。 [3]确:方言,捣的意思。 [4]调:凉拌。秦椒:辣椒。 [5]叨:方言,用筷子夹。

【赏析】

这首歌谣控诉了财主对雇工的虐待,吃剩饭剩汤,不给做菜,面条稀汤还不让吃饱。蒜汁"光看不叫蘸",生拌辣椒"光叫看不叫叨"两句,极为形象地刻画了财主的吝啬、小气和刻薄。

没有秦椒不辣人[1]

没有秦椒不辣人,
没有财主不狠心。
春天放下驴打滚[2],
秋后连人一口吞,
过了年下[3]人吃人。

【注释】

[1]这首歌谣流传于河南地区,由张守镇于1990年代搜集整理。秦椒,辣椒。 [2]放下:指放债。驴打滚:指驴打滚利息债。驴打滚债利息高,到期还不上利息计入本金,使债务像驴打滚一样呈几何倍数增长。 [3]年下:方言,指农历新年。

【赏析】

这首歌谣控诉了债主的狠心,也揭露了高利贷的深度危害。民间歌谣运用看似平常、朴素的语言,却能更犀利地揭露事物的本质。

没有辣椒不辣人　摄影/孟宪明

光棍汉[1]

光棍汉，摸床沿，
摸到头，点着灯。
灯看我，我看灯，
看来看去一场空。
非娶老婆都不中。
想要老婆娶不成，
人不中用家里穷。

【注释】

[1]这首歌谣流传于河南地区，由张长于1990年代搜集整理。光棍汉，没有结婚的成年男子。

【赏析】

这首歌谣以风趣的语言写出了光棍汉的孤独和无奈。"灯看我，我看灯"，形象地描绘了光棍汉的寂寞，透露出其浓浓的孤凄感。

劝读歌[1]

从小读书不用心,

不知书中有黄金。

早知书中黄金贵,

青灯黄卷[2]下苦心。

【注释】

[1]这首歌谣流传于河南地区,由孟宪明于1990年代搜集整理。 [2]青灯:外罩青色灯罩的油灯。黄卷:书卷,书籍。古时为防书虫,多用黄蘖染纸,因书纸色黄,故称为黄卷。

【赏析】

旧时代读书人不多,尤其是基层劳动者中,能够读书的人少之又少,所以歌谣中极少见到劝学、劝读的内容,这是笔者见到的唯一一首。这首歌谣以过来人的口气,说自己小时候不知道书中有黄金,没有好好读书;要是早知道这个道理,那就早早地用功读书了。以此"书中有黄金"的道理更容易被人接受,从而达到劝勉世人读书的目的。

黄河曲折走东海 摄影/陈维达

劝女歌[1]

上轿去，娘嘱咐，
娘的话儿记心间。
人口又多天又短，
刷锅洗碗都你管。
在婆家，要勤谨[2]，
孝敬公婆头一端。
进厨房，要睁眼，
可别抛撒[3]米和面，
抛撒米面折寿限[4]。
上锅去，要睁眼，
别擤鼻子[5]别擦汗，
别人看见不耐烦[6]。
去烧锅，要睁眼，
锅前锅后要清干[7]，
干干净净人不嫌。
张家借，李家还，
好借好还不作难。
小姑长，小姑短，
听见全当听不见。
虽是家里一口人，
能在你家住几年[8]？
走娘家，看忙闲，
别叫妯娌乱抱怨[9]。

走娘家，别学话，

这头学，那头翻，

再走娘家不香甜[10]。

吊死的媳妇有多少，

谁家结过仇和冤？

立上碑，挂上匾，

贤良女儿有万千[11]。

【注释】

　　[1]这首歌谣流传于河南地区，由张守镇于1990年代搜集整理。　[2]勤谨：勤快，谨慎。　[3]抛撒：浪费，丢弃。　[4]寿限：指人所能活的岁数。　[5]擤（xǐng）：从鼻孔排出鼻涕的动作。鼻子：此指鼻涕。　[6]不耐烦：厌烦，讨厌。　[7]清干：干净，整洁。　[8]以上二句，是说"小姑"早晚要出嫁，在家住不了几年时间，所以凡事不要与小姑计较，多谦让一些。　[9]妯娌：兄弟的妻子们之间的关系称呼。抱怨：心中不满，数说别人的不对、不是。　[10]不香甜：此处意为，关系不再和谐、融洽。　[11]以上三句，意为鼓励女儿努力做个贤良女，让乡里社会称赞，立碑挂匾来表彰。

【赏析】

　　这是一首教女的歌谣。女儿即将出嫁，母亲殷殷嘱咐叮咛：从言行举止，家务活计，孝顺公婆，友睦妯娌，谦让小姑，到友好乡邻，借东还西，严防口舌，等等，都一一说到。慈母之心，爱女之情，溢于字里行间。这首歌谣也反映了民间对好媳妇的要求标准，以及子女教育的内容和方式、方法。

好儿不争庄田地[1]

好儿不争庄田地,

好女不穿嫁时衣[2]。

不图家中样样有,

单求一双灵巧手。

陪送金山只能看,

陪送技巧到白头。

只要人的心灵巧,

能叫百孬变百好[3]。

【注释】

[1]这首歌谣流传于河南地区,由张伸于1990年代搜集整理。庄田地,庄指宅基地和宅院;田地指可以种庄稼的土地。这是儿子分家时可以分到的东西。[2]嫁时衣:出嫁时娘家陪送的衣服。指女子出嫁时的带到婆家的嫁妆。[3]百孬变百好:百样不顺心变为百样都顺心。

【赏析】

　　这是一首励志歌谣。教导儿与女不要只盯着父母给的一点东西,学习掌握本领,自强自立才是过好日子的根本。民间有一句常说的俗语,"好男不吃分家饭,好女不穿嫁时衣",意思是一样的。因为那些有数的东西很快就会用完,只有自己有本领,勤劳肯干,财富才会取之不尽,用之不竭。

戒烟歌[1]

吸大烟[2]一不好,
庄田地土都卖了。
吸大烟二不好,
一双爹娘气死了。
吸大烟三不好,
妻子天天骂又吵。
吸大烟四不好,
一双儿女都卖了。
吸大烟五不好,
浑身上下瘦干了。
吸大烟六不好,
死在外边没人找。
尸体埋在黄河滩,
黄狗扒了大半天。
扒出大腿啃一口,
肉又臭来味又酸,
气哩黄狗直叫唤。

【注释】

[1] 这首歌谣流传于河南地区,由张守镇于1990年代搜集整理。 [2] 大烟:鸦片,民间俗称大烟,由罂粟植物蒴果提炼而成。

【赏析】

这首歌谣历数了吸烟的危害:父母气死,妻子吵闹,儿女卖光,倾家荡产,身体败损,死无葬身之地。用事实说话,劝人戒烟,远离毒品。否则害家庭害自己。语言朴素直白,说服力强。

郑州的黄河 摄影 / 孟宪明

小扁担[1]

小扁担,软溜溜[2],
挑着大米下陈州[3]。
陈州夸俺的好大米,
俺夸陈州的大闺女。
脸又白,屁股又宽,
八石[4]芝麻撒不到边。
四个角里四台戏,
中间跑马玩刀山[5]。

【注释】

[1]这首歌谣流传于河南地区,由孟宪明于1990年代搜集整理。口述人为其母亲。扁担,挑担子的工具,木制,也有竹制。 [2]软溜溜:扁担挑着担子忽闪忽悠的样子。 [3]陈州:古地名,即今河南省淮阳一带。民歌中常出现,并非实指其地。 [4]石(dàn):容量单位,十斗等于一石。 [5]跑马:杂技中的马术。玩刀山:一种杂技表演,也代指杂技。

【赏析】

这首歌谣反映了旧时代男子的选媳妇的标准,即脸白屁股宽。民间俗以为女子屁股大好生养,容易生男孩。可见,男子娶媳妇多是为家庭家族的发展着想。歌谣用夸张的手法增强了幽默诙谐的效果。

七月底[1]

七月底,八月边[2],
新谷子米,陈麦子面[3]。
小鸡刚嫰的新鸡蛋[4],
生儿育女的好时间。

【注释】

[1]这首歌谣流传于河南地区,由孟宪明于1990年代搜集整理,口述者为其母亲。[2]七月底,八月边:指农历七月底八月初。[3]新谷子米,陈麦子面:这个时候,新谷子已经收获,可以吃新米了。而放到此时的麦子磨面也正是好吃的时候。[4]小鸡刚嫰的新鸡蛋:春天养的小鸡到此时也会下蛋了,这鸡蛋好吃又营养。

【赏析】

七月底八月初,暑热天已经过去,天气开始凉爽,各种瓜果粮食都已成熟,鸡、蛋也充足,不缺吃的,也不缺营养。确是生儿育女的好时候。这首歌谣反映了民间的谋划,农民的智慧同样不可小视。

六月里[1]

六月里,热难当,
掂着罐子上树凉[2]。
铺麻叶[3],枕锄桨[4],
恰赛我主老龙王[5]。

【注释】

[1]这首歌谣流传于河南地区,由张守镇于1990年代搜集整理。六月,农历六月正是三伏天,一年里最热的时候。 [2]罐子:指装茶水的陶罐子。树凉:树荫凉。 [3]麻叶:指青麻叶,叶片大,又绵软。 [4]锄桨:锄杆,锄把。 [5]龙王:龙的首领,住在大海深处的水晶宫里。龙是神话传说中的动物,统管水族的神。

【赏析】

伏里天躺在树荫下,枕着锄杆,喝着凉茶,这便是神仙似的好享受。这首歌谣写得轻松明快,带着些喜悦和得意。反映了农民乐观朴实的生活态度和处世哲学。

内蒙古额济纳的胡杨林 摄影/董保华

耳坠明[1]

耳坠明，红头绳，
闺女要去太昊陵[2]。
太昊陵，搭戏棚，
大车小车都不停。
太昊陵，搭会棚，
不拴娃娃想相公[3]。

【注释】

　　[1] 这首歌谣流传于河南地区，由张守镇于1990年代搜集整理。耳坠，又称耳坠子，指带有下垂饰物的耳饰。又作耳朵饰品的代称。　[2] 太昊陵：太昊伏羲氏的陵庙，始建于春秋时期，位于河南省淮阳县。民间百姓称为人祖坟、人祖庙。　[3] 拴娃娃：中原民间有去太昊陵跟人祖爷人祖奶奶求子拴娃娃的习俗。相公：旧时代妻子对丈夫的称呼。

【赏析】

　　每年农历二月初二至三月初三是太昊陵庙会会期，全国各地赶庙会者达数万人，而找情人、会情郎、求子拴娃娃是庙会内容的主要部分。这首歌谣描写了庙会期间的繁盛热闹，也反映了拴娃娃、会情郎的庙会习俗。

生不离来死不离[1]

生不离来死不离,
生生死死在一起。
三伏结冰不分开,
石头漂起也不离。
爱怎么的怎么的。

【注释】

[1] 这首歌谣流传于河南地区,由张守镇于1990年代搜集整理。

【赏析】

这首歌谣写男女对爱情的坚守。生死不分离,永远在一起,不管是"三伏结冰",还是"石头漂起",无论发生什么事情,都不能把两人分离。"爱怎么的怎么的",蔑视一切,坚守爱情。歌颂了坚如磐石、忠贞不渝的爱情。

荷花　摄影/孟宪明

你是针[1]

你是针,我是线。
针往哪儿走,
线往哪儿穿,
针针线线紧相连。

【注释】

[1] 这首歌谣流传于河南地区,由张守镇于 1990 年代搜集整理。

【赏析】

这首歌谣用针与线的关系来比喻男女间的忠贞爱情,通俗自然,生动形象。

天鹅 摄影/陈维达

有句话儿口难张[1]

一条银河宽又长,
牛郎织女困两旁[2]。
我与妹妹常相见,
有句话儿口难张。

一条银河长又宽,
牛郎织女困两边。
我与妹妹常见面,
有句话儿不敢言。

【注释】

[1]这首歌谣流传于河南地区,由张守镇于1990年代搜集整理。口难张,即不好意思开口。 [2]牛郎织女困两旁:古代神话故事中说牛郎织女被王母娘娘隔离于天河两边。在天象中,牛郎星与织女星也是在银河两旁。

【赏析】

一个小伙子看上了身边的一个姑娘,想表白却又不敢开口。这首歌谣用两段歌词生动地刻画出小伙子急于向心上人表白情意,却又害羞、胆怯的情景。

小葫芦[1]

小葫芦,开白花,
娘啊娘啊看好[2]吧。
今年娶个花滴滴[3],
明年得个[4]胖娃娃。
你应奶奶我应大[5],
您看得发不得发[6]。

【注释】

[1]这首歌谣流传于河南地区,由张守镇于1990年代搜集整理。[2]看好:选择、决定结婚娶媳妇的好日子。[3]花滴滴:代指娶来的年轻漂亮娇俏的新娘子。[4]得个:生个,添个。[5]应:此处为当、是的意思。大:爹,父亲。[6]得发:非常得意、舒服。

【赏析】

今年娶媳妇,明年生娃娃,叫一声奶奶喊一声大。这首歌谣写小伙子想娶媳妇的好事,想得美滋滋、乐哈哈。语言生动活泼,富有感染力。

东地撒西地撒[1]

东地撒,西地撒,
胳老肢里夹个瓦[2]。
瓦打咧,马跑咧,
一跑跑到丈人家。
大舅子[3]扯,小舅子[4]拉,
拉拉扯扯到她家。
搬个板凳俺坐下,
倒杯茶,俺喝啦。
隔着箔篱[5]看见她,
四方脸,黑头发,
一心一意想娶她。

【注释】

[1]这首歌谣流传于河南地区,由张守镇于1990年代搜集整理。 [2]胳老肢里:腋下。瓦:铺屋顶用的建筑材料,一般用泥土烧成,有拱形、平板形和三分之一圆筒形的。 [3]大舅子:也称丈哥、内兄,即妻子的哥哥。 [4]小舅子:也称内弟,即妻子的弟弟。 [5]箔篱:屋内用秫秸箔或竹木棍做成的里外间的隔墙。

【赏析】

骑马跑到丈人家门口,想去会看未婚妻,又装样子,拿架子,等着大舅子和小舅子拉扯着请进家,扭扭捏捏地隔着箔篱瞧看。这首歌谣形象生动地描写了男青年去会未婚妻的情景。

锅前走[1]

锅前走,锅后转,
切切萝卜确[2]确蒜。
一天做那三顿饭,
到死不进一趟县[3]。

【注释】

[1]这首歌谣流传于河南地区,由张守镇于1990年代搜集整理。锅,这里指烧柴的锅灶台。 [2]确(方言土音念 quō):此处为捣的意思。 [3]县:指县城。

【赏析】

这首歌谣反映了旧时代女性一辈子囿于家庭、受束缚的人生。

锅前走,锅后转 摄影/孟宪明

腊月二十三[1]

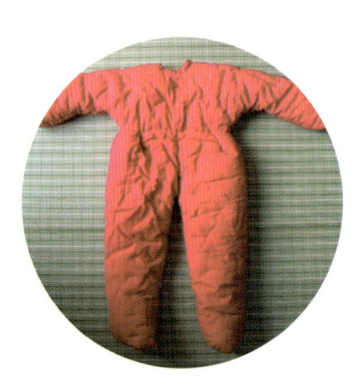

今日腊月二十三,
打发灶爷上青天[2]。
骑红马,备金鞍,
打马扬鞭一溜烟。
到天宫,见老天[3],
抛米撒面你要瞒[4]。
初一五更你回来,
多带五福少带灾。
多带骑马射箭的[5],
也带穿针引线的[6]。

【注释】

[1]这首歌谣流传于河南地区,由孟宪明于1990年代搜集整理,口述者为其父亲。腊月二十三是民间传统祭灶节。 [2]打发灶爷上青天:送灶爷上天给老天爷汇报工作。打发,使离去;灶爷,俗称老灶爷,即灶神,负责记录家庭发生的好坏事情,给老天爷汇报后再予以奖惩,所以民间又称其为"一家之主"。每年腊月二十三上天,来年正月初一五更下来。 [3]老天:老天爷,民间崇祀的天上最高的神,即天帝、上帝、玉皇大帝。 [4]抛米撒面你要瞒:这是句对灶爷请求叮嘱的话,意思是家里发生的"抛米撒面"之类的不好的事情要瞒着老天爷,以免其降罪。 [5]骑马射箭的:代指男孩子。 [6]穿针引线的:代指女孩子。

【赏析】

这是一首在祭灶神祈祷时吟唱的歌谣。既然老灶爷是家主,那么给老灶爷说的也是家长里短和自己的愿求,趋利避害,求福求财。这首歌谣记录了民间祭灶之风俗,也反映了老百姓的思想心态。

扫院歌[1]

小扫帚，不结籽，
三十晚上[2]扫院子。
一扫龙国井[3]，
二扫龙国水[4]，
三扫院里不遭贼。
四扫福来到，
五扫发大财，
六扫金银滚滚来。
七扫摇钱树，
八扫聚宝盆，
九扫平安家和睦，
十扫骡马赶成群。
这把扫帚真不凡，
扫得天爷好喜欢。

【注释】

[1]这首歌谣流传于河南地区，由张守镇于1990年代搜集整理。 [2]三十晚上：指大年三十晚上，即除夕。 [3]龙国井：龙王的井，聚集财富的地方。 [4]龙国水：龙王的财富，水代表财。

【赏析】

这是首过年祈福歌谣。除夕晚上，百神下界，好神降福，孬神降灾，所以人们都要接福驱灾。扫院子只是个求福驱祸的形式或者说仪式，要一边扫一边说唱。通过这个仪式，把财宝福气扫进来、拢起来，把灾星祸患扫出去、驱赶出去。记录了过除夕的风俗。

大年五更家团圆[1]

大年五更家团圆,
侍候老天整一年。
大花糕,挨着搁,
三碗素菜摆供桌。
三盘馍,三盘果,
香烟[2]起来人欢乐。
风调雨顺是来年[3],
一家人等把头磕。

【注释】

[1]这首歌谣流传于河南地区,由孟宪明于1990年代搜集整理,口述者为其母亲。大年五更,即正月初一五更天,这时候全家人都到齐团圆了,要给老天爷上香摆供,磕头祭拜。 [2]香烟:指祭祀点燃的香烛。 [3]风调雨顺是来年:祈求老天爷下一年赐给个风调雨顺的丰收年。来年,下一年。

【赏析】

这是一首记录过年风俗的歌谣。过年第一件事便是祭祀老天爷,上香、摆供、磕头。不仅如此,过年家里蒸馍、炸丸子、做菜,第一锅、第一笼、第一碗都要先呈给老天爷享用。这反映了民间百姓的天人合一的意识,以及感恩大自然赐予一切的思想。

二月二[1]

二月二,炒凉粉儿[2],
清早起来去打囤儿[3]。
打尖囤儿,打圆囤儿,
打一个粮囤儿带梯子儿[4]。

二月二,敲门礅儿[5],
蝎子出来不蜇妮儿。
二月二,拼瓦子儿[6],
蝎子出来没爪子儿。
二月二,敲梁头[7],
大囤尖来小囤流。

【注释】

[1]这首歌谣流传于河南地区,由孟宪明于1990年代搜集整理,口述者为孟宪荣。二月二即农历二月初二,是民间的龙抬头节。 [2]炒凉粉儿:二月二,民间有吃炒凉粉儿的习俗。 [3]打囤儿:建粮食囤。粮食囤是收贮粮食的设备。二月二打囤儿是祈求粮食丰收的一个仪式,用碳笔或粉笔在院内外画出囤的样子,并在里边放上一把粮食,放什么粮食就是什么粮食囤。 [4]粮囤儿带梯子儿:又大又高的粮囤,需爬梯子倒入粮食或取出粮食。 [5]门礅儿:门框下方两边支门框的长方体石礅,多为青石。 [6]拼瓦子儿:两手拿两块瓦片拍击。拼,这里是拍打的意思。 [7]敲梁头:拿木棍儿敲击大梁。梁,屋内墙上用以支撑房顶的横木。

【赏析】

这是一首过节时驱灾祈福的歌谣。二月二临近惊蛰节气,天气渐暖,春雷始鸣,龙蛇苏醒,各种虫蚁也开始出来活动。所以二月二是龙抬头节,龙是主管布云降雨的神,打囤之俗即是祈求龙神给予风调雨顺的好年景。敲门礅儿、拼瓦子儿、敲梁头这些民俗行为原是震慑毒虫、害虫不敢出来危害人类。

六月初一整半年[1]

六月初一整半年,

蒸馍果子[2]敬老天。

敬得老天心欢喜,

一年四季保平安。

【注释】

[1]这首歌谣流传于河南地区,由孟宪明于1990年代搜集整理,口述者为孟宪荣。 [2]蒸馍:白面馒头。果子:用白面、糖、油等食材做成的糕点。

【赏析】

这首歌谣记录了民间于六月初一祭祀天地的风俗。民间相传,农历六月初一是老天爷的生日,所以家家户户祭拜老天爷,给老天爷过生儿。这应该是民间的夏祭活动。

蒸馍果子敬老天　摄影/孟宪明

乞巧歌[1]

年年有个七月七[2]，

我给织女送饭去[3]。

越东洋，过东海，

王母娘娘送巧来。

不图你针，不图你线，

只图你一个好手段[4]。

【注释】

[1]这首歌谣流传于河南地区，由张守镇于1990年代搜集整理。乞巧，指女孩子向织女祈求做针线活的技巧。[2]七月七：指七夕节。[3]织女：神话传说中王母娘娘的七孙女，心灵手巧，善于纺线织布，织的云锦天下无匹。送饭去：指给织女上的食物供品。[4]手段：手艺，技术。这里指做针线活的女工手艺。

【赏析】

这首歌谣记录了民间七夕节女孩子乞巧的习俗。七夕节乞巧活动各地有很多形式内容，基本是未婚女孩子的集体娱乐游戏。反映出民间社会对女子在手巧、能干、勤劳方面的要求。

天青地黄[1]

天又青,地又黄,
小兔确碓紧紧忙[2]。
毛栗子,海柿子,
当中再加酥白梨。
左边石榴右边枣,
当中摆上红嘴桃。
毛豆角,放两边,
西瓜月饼敬月仙[3]。
先作揖,后跪倒,
手捧金银把月愿。

【注释】

[1]这首歌谣流传于河南地区,由孟宪明于1990年代搜集整理。 [2]小兔确碓(quō duì)紧紧忙:神话传说中说月宫里有小兔在每天捣药。确碓,即捣碓。碓是石臼和石杵的合称;紧紧忙,紧张忙碌的样子。 [3]月仙:指月亮仙子嫦娥。

【赏析】

这是首记录祭祀月亮风俗的歌谣。民间有八月十五晚上月圆之时祭祀月亮的风俗。祭祀月亮又叫愿月,是许愿祈福的意思。月神是年轻貌美的女神,所以祭祀月神者须是女性,供品除香烛、月饼外,皆为新鲜的瓜果。

三月初一阴[1]

三月初一阴,
桑叶贵似金[2]。
三月初一晴,
桑叶搭成棚[3]。

【注释】

[1]这首歌谣流传于河南地区,由孟宪明于1990年代搜集整理,口述者为其父亲。 [2]桑叶:桑树的叶子,可以喂蚕。贵似金:贵重得如同金子。 [3]桑叶搭成棚:桑叶长得大而密,如同棚顶子似的密密实实。

【赏析】

这亦是一首农事气象歌谣。是说农历三月初一这一天要是阴天下雨,桑树叶子就长得稀少,以至贵如黄金。如果这一天是晴天,桑树叶子就长得好。旧时代,农事包括吃(种庄稼)和穿(养蚕植棉)两方面。养蚕需要桑叶,桑叶的好坏多寡关系到蚕茧的收成,所以桑叶的长势也为农民所重视。

蚕姑娘　摄影/杨洋

三月怕三七[1]

三月怕三七，

四月怕初一[2]。

三七、初一都不怕，

只怕四月十二下。

四月十二湿了老鸹毛[3]，

麦在水里捞[4]。

【注释】

［1］这首歌谣流传于河南地区，由孟宪明于1990年代搜集整理，口述者为其父亲。三七，指农历三月初七日。 ［2］四月怕初一：怕四月初一。 ［3］湿了老鸹毛：下雨打湿了老鸹毛，意思为下的雨小。老鸹，即乌鸦。 ［4］麦在水里捞：收麦的时候雨水大，泡了麦田。

【赏析】

这是首农事气象歌谣。三月初七和四月初一阴天下雨，对麦子的成长不利。但这还不是最严重的，最让人害怕的是四月十二那一天下雨，即便那一天只是下了刚能湿老鸹毛的小雨，到收麦子的时候必定会连阴天下大雨冲淹麦田，一年的麦子就泡了汤了。

月亮谣[1]

初一生,初二长,
初三出来恍一恍[2]。
初四出来亮一会儿[3],
初五出来明一晌[4]。
十五、十六,月亮太阳两头露[5]。
十七、十八,坐那儿等它。
二十整整,月出一更[6]。
二十二三,月落正南[7]。
二十四五,月出五鼓[8]。
二十八九,月亮出来扭一扭。

【注释】

[1]这首歌谣流传于河南地区,由孟宪明于1990年代搜集整理,口述者为其母亲。 [2]初三出来恍一恍:初三的月亮出来很快就落了。恍一恍,光线一晃而过,比喻时间很短。 [3]初四出来亮一会儿:初四的月亮出来亮一会儿就落了。 [4]一晌:半天时间,大约两个时辰三四个小时。 [5]月亮太阳两头露:早晚月亮与太阳同时出现于天空中。即晚上月亮出来时太阳还落,早上月亮还没落太阳已经出来了。 [6]月出一更:月亮在一更天出来。一更,晚上七点至九点的时候。 [7]月落正南:月亮在天空正南时候落。 [8]月出五鼓:月亮在五更天出来。五鼓,即五更,早上三点至五点的时候。

【赏析】

这是首星象知识歌谣,写月亮在农历一个月中不同日期升落的时间。语言活泼,描写形象生动。

夏至九九歌[1]

一九和二九,扇子不离手。

三九二十七,凉冰甜如蜜。

四九三十六,衣衫汗湿透。

五九四十五,头顶秋叶舞[2]。

六九五十四,乘凉入庙寺。

七九六十三,夹被防凉天。

八九七十二,要备长衣衫。

九九八十一,家家备棉衣。

【注释】

[1]这首歌谣流传于河南地区,由张守镇于1990年代搜集整理。夏至,农历二十四节气的第十个节气,夏季的第四个节气,在公历六月二十一日前后,正是天热的时候。九九,即从夏至那一天开始数,每九天一个时间单位记录气候的变化,连数九个九。 [2]秋叶舞:是说五九的时候,时令已进入秋天。

【赏析】

这是首时令知识歌,从夏至到八十一天后的仲秋时分,天气由热到凉的变化。语言自然明快,朗朗上口,易读易记,很适合学习背诵。

冬至九九歌[1]

一九二九伸不出手,

三九四九凌上走[2]。

五九六九抬头看柳,

七九六十三,行路君子把衣宽。

八九七十二,牛马合成犋[3]。

九九杨[4]落地,十九杏花开。

九尽杨不落,芒种麦不割[5]。

十九花不开,果子排满街[6]。

【注释】

[1]这首歌谣流传于河南地区,由孟宪明于1990年代搜集整理,口述者为其奶奶。冬至,农历二十四节气的第二十二个节气,冬季第四个节气,在公历十二月二十二日前后,是一年中最冷的时候。冬九九是从这一天数起。 [2]凌上走:这时候河、湖、坑、塘里的水结冰已厚,人可以在冰上行走了。凌,冰凌。 [3]犋:牵引犁、耙等农具的畜力单位,能拉动一种农具的畜力叫一犋,有时是一头牲口,有时是两头或两头以上。 [4]杨:此指杨树花,民间俗称杨嘟穗儿,开败后就从树上落下。 [5]九尽杨不落,芒种麦不割:如果九九尽了杨嘟穗儿还不落,到芒种时麦子就不会成熟收割。芒种,农历二十四节气的第九个节气,夏季的第三个节气。正常情况下,这时候麦子已经收割。 [6]十九花不开,果子排满街:如果到十九杏花还不开,这一年的杏果会多得排满街道,意思是杏果会丰收。

【赏析】

这亦是一首时令知识歌,写从冬至到九十天后的仲春时节,天气由冷到暖的变化,并写出了天气冷暖与农事庄稼生长的关系。

哭嫁歌[1]

我的爹呀我的娘,
这个年下[2]实在忙。
衣裳嫁妆都备好,
等着女儿去他乡[3]。

我的爹呀我的娘,
这个年下伤心肠。
母女相伴十八载,
一说分别泪汪汪。

我的爹呀我的娘,
这个年下别心伤。
三天回门来看您,
母女相见喜气洋。

【注释】

[1]这首歌谣流传于河南地区,由张守镇于1990年代搜集整理。 [2]年下:方言,指农历新年。 [3]去他乡:指出嫁去婆家。

【赏析】

这首哭嫁歌谣是婚嫁礼仪中的一项仪式,也是出嫁女子的真情流露。旧时代盲婚哑嫁,女子出嫁离开爹娘和熟悉的家,到一个陌生的环境也陌生的家庭,有对父母家乡的留恋不舍,也有对前途的胆怯害怕,伤心流泪是难免的。语言朴实,感情真切。但嫁女毕竟是喜事,第三段以"回门"相见劝慰父母,增加了喜气高兴之色彩。

贤良媳妇人人夸[1]

一股黄香斗里插[2],

孝顺媳妇娶到家。

一不偷嘴吃[3],二不说瞎话[4]。

又做活,又把家[5],

贤良媳妇人人夸。

【注释】

[1]这首歌谣流传于河南地区,由张守镇于1990年代搜集整理。 [2]一股黄香斗里插:指结婚拜天地时天地桌上的斗和斗里插的香。 [3]偷嘴吃:背着家里人偷偷地吃东西。 [4]说瞎话:说谎话。 [5]把家:会勤俭持家,不浪费粮食等东西。

【赏析】

这首歌谣夸赞了一个贤良媳妇,可以从此歌谣看出乡里社会对好媳妇的评判标准:不偷嘴吃,不说瞎话,做活,把家。夸贤良媳妇是扬善扬美,也是给女性树立一个学习的榜样,做人的楷模。

种棉谣[1]

庄稼老头会种棉,

套上牲口上正南。

深深犁[2],锁耙耙[3],

连犁带耙五六遍。

小棉籽,两头尖,

水里淘,灰里拌[4]。

篮子挎,担子担,

棉籽点到地里边。

下了一阵雾蒙雨,

花苗棵棵出齐全。

十字步,丁字站[5],

横锄竖锄五六遍。

开哩花蘖[6]一大片。

咧开嘴,吐出棉,

棉田摘花女娇莲[7]。

【注释】

[1]这首歌谣流传于河南地区,由张守镇于1990年代搜集整理。[2]犁:指犁地,即翻地。[3]锁耙耙:把地锁耙一遍。锁耙,是耙地的一种较复杂的形式。[4]灰里拌:棉籽在下种前,要用草木灰拌一拌。[5]十字步,丁字站:指的是锄地站姿和步式。[6]花蘖(niè):民间俗称棉花的花蕾。[7]女娇莲:代指摘棉花的年轻女性。

【赏析】

这是一首种棉知识歌谣,从犁地、耙地,到拌种、点种,再到锄草、松土,最后摘棉花,写了种棉的全过程。语言朴素简洁,清楚明白。

织布歌[1]

桑木弓，羊皮弦，

枣木槌，镟哩圆[2]。

弹一声，嘚儿噔，

弹的花，虚腾腾[3]。

花条条，蓬蓬松，

纺的线子细拧拧[4]。

拐子拐，浆子冲，

络成线圈地上经[5]。

印子印，撑子撑，

上织机，双脚蹬[6]。

织的布，干净净，

染的布，蓝莹莹[7]。

浆的布，展又平，

剪子过去齐整整[8]。

钢针别，绒线绷，

做成袍子好过冬[9]。

小孩穿着去赶集，

走到大街支棱棱[10]。

【注释】

　　[1]这首歌谣流传于河南地区，由孟宪明于1990年代搜集整理，口述者为孟宪荣。　[2]以上四句：写弹棉花的工具，即弹花弓与弹花槌。　[3]以上四句：写弹花工序及弹好的棉花膨松的样子。嘚儿噔，状声词，形容用弹花弓弹棉花的声音。　[4]以上三句：写搓花条纺出线的工序。细拧拧，形容棉线又细又匀的样子。　[5]以上三句：写拐线、浆线、络线、经线的工序。拐子拐，用线拐子拐线；

浆子冲，用米、面浆汤浆线；络成线圈，反线络到络子上。［6］以上四句：写把经好的经线上到织布机开始织布的工序。印子印，将经线穿过机缯和机杼的过程；撑子撑，把经线缠绕到胜花子上的过程；双脚蹬，指织布时双脚轮替蹬脚蹑。［7］以上四句：写把织好的布整理并洗染。蓝莹莹，形容蓝布蓝得发亮。［8］以上三句：写染好的布再经过浆洗，剪裁成衣服片。［9］以上三句：写缝做衣服的工序。［10］支棱棱：方言，形容衣服穿在身上挺括好看的样子。

【赏析】

这是一首织布知识歌谣，写了从弹棉花到穿上衣服的系统工艺过程。弹花、纺线、整理经线、织布、染布、裁衣、缝衣，细致而精练。通过这首歌谣，让人明白农人的辛苦和一丝一线来之不易的道理。

织布　摄影 / 孟宪明

小纺车[1]

小纺车,圆圈转,
支上锭子[2]挂上线。
一年三百六十天,
忙忙碌碌不停闲。
卖哩大钱是哥哩,
卖哩小钱是我哩。
哥哥穿绿姐穿红,
我要一根红头绳。
吱吱嗡[3],吱吱嗡,
盖座楼房五六层。

【注释】

[1]这首歌谣流传于河南地区,由张伸于1990年代搜集整理。 [2]锭子:纺车上用的铁锭子。 [3]吱吱嗡:形容纺车转动时发出的声音。

【赏析】

这首歌谣写一个女孩子一年到头纺线忙碌不得闲,却得不到家庭的平等对待,心里虽有些怨气,也还是为家里能盖上楼房而劲头十足地忙碌着。反映了女孩子的勤劳、单纯和美好。

不种庄稼不发愁[1]

当船家[2]，不自由，
一年四季在河口[3]。
南哩收了南哩去[4]，
北哩收了往北游。
东西两边都不收，
河口里头度春秋。
船舱好比两顷[5]地，
船篙好比两头牛[6]。

当船家，也自由，
一年四季河里走。
不种麦子吃好面[7]，
不养白蚕穿丝绸。
不种棉花穿棉袄，
不种芝麻吃香油。
不喂马，不喂牛，
不种庄稼不发愁[8]。

【注释】

[1]这首歌谣流传于河南地区，由张伸于1990年代搜集整理。 [2]船家：旧时靠驾驶自己的木船为生的人。 [3]河口：指黄河渡口。 [4]南哩收了南哩去：南边的庄稼收了就去南边运粮食。 [5]顷：市制土地面积单位，一百亩等于一顷。 [6]船篙好比两头牛：船篙的作用比得上两头牛。 [7]好面：指用小麦磨的白面。 [8]以上三句：不种庄稼就不用饲养马牛等牲口，也不用操心发愁庄稼长得好不好，粮食收得多不多。

【赏析】

　　这首歌谣以船家的口气，写出了水上人家的辛苦劳累，但他跟农人相比，又有了优越感，觉得自己的生活胜过了有两顷地、两头牛的小财主，因此口气里带有满足与得意。从侧面反映了农人的辛劳艰苦和生活的不易。

河上的大雁　摄影/陈维达

小小篦子三寸三[1]

小小篦子三寸三,

出自四川峨眉山[2]。

山前长着松柏柳,

山后长着竹竿园。

竹竿园里净竹竿,

大竹竿,像木桶[3],

小竹竿,像瓦罐,

不大不小像宾盘。

大竹竿俺用锯来锯,

小竹竿俺用斧来砍。

锯哩锯来砍哩砍,

砍倒竹竿运下山。

漂三江,过五水,

曲里拐弯[4]到河南。

七关八卡树叶稠的税[5],

运回竹竿俺腰累弯,

看看俺卖篦子的难不难。

【注释】

[1]这首歌谣流传于河南地区,由张伸于1990年代搜集整理。篦子,梳头用的工具。比木梳齿密,可以梳掉头发里的灰尘和虱虫。竹制,中间有一小指宽的梁,梁两边是篦齿;三寸三,篦子的长度。 [2]峨眉山:山名,在四川省西南部,为邛崃山南段余脉,主要由大峨山、二峨山、三峨山、四峨山四座山峰组成。 [3]大竹竿,像木桶:用木桶比喻大竹竿的粗细。下面两句用瓦罐和宾盘比喻小竹竿、不大不小竹竿的粗细。 [4]曲里拐弯:形容竹竿运输路途中困难挫折多。 [5]七关八卡树叶

稠的税：形容各种税收多，盘剥重。

【赏析】

　　这首歌谣写做篦子的手艺人去购竹竿的过程。从远赴四川峨眉山选竹竿、砍竹竿、拖下山，到曲里拐弯运回河南，历尽千辛万苦，受了层层剥削，挨了无数欺负，累弯了腰才回到家乡。这还只是购买篦子原材料，下边要做篦子，卖篦子，必然还有更多的艰难险阻。反映了社会底层手艺人生活的艰辛和困难。

蓟蓟花　摄影/孟宪明

大年初一头一天[1]

大年初一头一天,

过罢初二到初三。

正月十五半个月,

二月二一月零两天。

到了三月种高粱[2],

四月底麦子到场边[3]。

六月三十整半年,

七月里来收高粱,

八月豆子[4]粒粒圆。

九月霜降[5]摘棉花,

十月五谷都收完。

十一月过罢是腊月,

祭灶是腊月二十三。

张灶君[6]天宫言好事,

再过个初一又一年。

【注释】

[1]这首歌谣流传于河南地区,由张守镇于1990年代搜集整理。 [2]高粱:五谷的一种,春天种秋天收,高粱籽黑红色。 [3]这一句是说四月底麦子收割运到了场里。 [4]豆子:五谷的一类,有很多品种,一般为春天种秋天收。 [5]霜降:农历二十四节气中的第十八个节气,秋季第六个节气,日期在公历十月二十三或二十四日。 [6]张灶君:据民间神话故事说,灶神姓张,叫张百忍,故称张灶君。

【赏析】

这是一首知识歌谣,其中有月份日期知识,有农事节气知识,也有气候时令知识。朗朗上口,通俗明白,算得上是儿童初期教育的好教材。

还钱[1]

挣恁钱，还恁钱[2]，

后地二亩莎草[3]园。

长成树，解成板，

扳河里，沤千年，

沤成铁钉打成镰[4]。

刹蒺针，叉路边[5]，

挂羊毛，打[6]成毡。

卖了钱，买老犍[7]，

老犍薄牛犊[8]，

卖了牛犊还恁钱。

【注释】

[1]这首歌谣流传于河南郑州一带，由孟宪明于2013年搜集整理，口述者为卢爱梅老师。 [2]挣：方言，欠的意思。恁：中原方言，你。 [3]莎草：一种野草。 [4]莎草长不成树，更不会在河里沤千年变成钉，再由铁钉打成镰。这三句都是说的不可能。扳：中原方言，扔的意思。 [5]蒺针：荆棘的一种，带有尖刺。叉：方言，挡住，卡住。 [6]打：擀、织。 [7]老犍：公牛。 [8]薄：方言，生。此句是说生小牛。公牛岂会生小牛！这又是一句不可能的话。

【赏析】

这是一首诙谐歌谣，把不可能的事物景象编连到一起，如莎草"长成树，解成板""沤成铁钉打成镰""挂羊毛，打成毡"等，造成了让人发笑的效果。同时也对赖账不还、不劳而获的行为有着谴责与讽刺。

小蒲扇[1]

小蒲扇,忽闪闪,

小两口吃饭把门关。

蝇子衔走半拉米,

一直撵[2]到太行山。

要不是蒺藜狗子[3]扎住脚,

一直撵到太阳落。

要不是地里农活忙,

一直撵到你麦梢黄。

【注释】

[1]这首歌谣流传于河南地区,由孟宪明于1990年代搜集整理,口述者为孟宪荣。 [2]撵:这里是追赶的意思。 [3]蒺藜狗子:蒺藜是野草的一种,为蒺藜科蒺藜属植物,其果实圆形,外面带锐刺,民间俗称其果为蒺藜狗子。

【赏析】

这是一首诙谐歌谣,夸张地刻画出一个小气吝啬鬼的形象。什么事一过分就成了毛病,这首歌谣对一些人的过分小气给予了讽刺嘲笑。

今年雨水大[1]

今年雨水大,
淹了葫芦架[2]。
小偷来偷瓢[3],
看他偷个啥!

【注释】

[1]这首歌谣流传于河南地区,由孟宪明于1990年代搜集整理。[2]葫芦架:葫芦是藤蔓类植物,为使其长得好,须为其搭棚架,就如葡萄架一样。[3]瓢:用来舀水、挠面粉、挠米的器具,一个葫芦可以锯成两个瓢。旧时民间家庭多用这种葫芦瓢。

【赏析】

这是一首诙谐歌谣,大雨水把葫芦架都淹了,结不成葫芦就做不了瓢,所以为小偷想偷瓢却偷不到而得意。事实是绝对没有小偷会想着偷瓢,因为不可能所以有了"笑"果。这也反映出中原民众在灾难困难面前的通达和乐观。

大雨哗哗下 [1]

大雨哗哗下,

柴米都涨价。

烧了板凳腿,

棒槌[2]都害怕。

【注释】

[1]这首歌谣流传于河南地区,由刘凯靖于1990年代搜集整理。哗哗,大雨落下的样子和声音。 [2]棒槌:捶衣服、捶布的器具,木制。

【赏析】

这首歌谣写大雨成灾,柴米涨价,没有柴烧就烧了板凳腿,唇亡齿寒,同是木头制的棒槌害怕下一个烧的是它。在灾难面前,人们表现出来的不是哀愁哭泣,而是乐观调侃。反映了中原民众生活的智慧和达观。

下游的黄河、摄影/陈维达

懒媳妇[1]

一个媳妇真是懒,

吃罢饭咧不刷碗,

拉过狗来叫狗舔。

叫狗舔,狗不舔,

伸手就打狗的脸:

"我叫你懒,我叫你懒!"

【注释】

[1]这首歌谣流传于河南地区,由孟宪明于1990年代搜集整理,口述者为其母亲。

【赏析】

这是一首讽刺人懒的歌谣,短短几句歌词活灵活现地描画出一个懒媳妇,而且这个懒媳妇病不自知,还理直气壮地责骂别人懒,自然显现幽默的效果。彰显了中原民间语言的力量和魅力。

粗针大麻线[1]

粗针大麻线,

一针到唐县[2]。

唐县有个花嫂子,

一针缝个小袄子[3]。

【注释】

[1]这首歌谣流传于河南地区,由孟宪明于1990年代搜集整理,口述者为孟宪荣。粗针大麻线,是说做针线活用的针粗、线粗,针脚长。 [2]唐县:在河南省南部。这里非确指,只为歌谣的押韵而已。 [3]袄子:两层夹棉花做成的棉上衣。

【赏析】

这是一首讽刺做活粗糙马虎的歌谣,"一针缝个小袄子",语言夸张讽刺,幽默风趣。

苦菜 摄影/孟宪明摄

蛤蟆搂住丈夫的腰[1]

一个大姐[2]本姓焦,
寻个丈夫不当高[3]。
在院里怕狗咬,
在屋里怕鸡叨。
小两口坑边去抬水,
一头低来一头高。
二人走到坑沿上,
蛤蟆搂住丈夫的腰。

【注释】

[1]这首歌谣流传于河南地区,由张长于1990年代搜集整理。蛤蟆,即蟾蜍。[2]大姐:对嫁来本地的女子的普遍称呼。"姐"念平声。[3]不当高:不很高,很低的意思。

【赏析】

旧时代,常有家庭为了多一个干活的人,为自家五六岁或七八岁的儿子找一个大媳妇,十五六或十七八岁的大姑娘,这就形成了大媳妇小女婿的不对称畸形婚姻。这样的婚姻中,丈夫小不懂事,媳妇不但要像奴仆似的干活,还要照顾侍候小丈夫,苦不堪言。这首歌谣便讽刺鞭挞了这种婚姻现象。

一个闺女八个郎[1]

一位大姐本姓黄,
四年嫁了八个郎。
头个女婿叫老饭,
二个女婿叫老汤。
三个女婿叫老热,
四个女婿叫老凉。
五个女婿叫老马,
六个女婿叫老羊。
七个女婿叫老药,
八个女婿叫老姜。
要是饿了找老饭,
要是渴了找老汤。
要是冷了找老热,
要是热了找老凉。
要出远门找老马,
要吃奶水找老羊。
要是有病找老药,
胃口不好找老姜。

【注释】

[1]这是一首诙谐歌谣,由张守镇于1990年代搜集整理。郎,这里指丈夫。

【赏析】

这首歌谣写一个女子找了八个丈夫,八个方面的才能,吃、穿、花、用、玩及生病吃药都不用发愁。辛辣地讽刺了有些女子为了不劳而获,为了生活享受,把婚姻当儿戏,丈夫找了一个又一个。

循环歌[1]

那北风，也怪好，
它叫墙头挡住了。
那墙头，也怪好，
它叫老鼠打透了。
那老鼠，也怪好，
它叫狸猫抓住了。
那狸猫，也怪好，
它叫麻绳拴住了。
那麻绳，也怪好，
它叫镰刀割断了。
那镰刀，也怪好，
它叫铁钉钉住了。
那铁钉，也怪好，
它叫小锤砸弯了。
那小锤，也怪好，
它叫火炉烧化了。
那火炉，也怪好，
它叫北风吹灭了。

【注释】

[1] 这首歌谣流传于河南地区，由孟宪明于1990年代搜集整理。

【赏析】

  这首歌谣用生活中的基本常识把一些看似没有关联的事物、事象串联起来，从北风开始，九项事物或动物一物降一物，又到北风结束。反映了民间对事物相生相克、阴阳平衡共生的朴素的哲学思想的认识和运用。

下游黄河水与石　摄影 / 王伟

正月十五闹哄哄[1]

正月十五闹哄哄,

瞎子聋子瘸子去观灯[2]。

聋子怪着炮[3]不响,

瞎子光怨灯不明。

瘸子听后开言道,

瞎聋二哥你是听:

炮也响,灯也明,

就是大路不太平[4]。

【注释】

[1]这首歌谣流传于河南地区,由张伸于1990年代搜集整理。闹哄哄,人多热闹吵嚷的情景。 [2]瞎子:视力障碍患者。聋子:听力障碍患者。瘸子:下肢有残疾者。灯:指花灯。 [3]炮:指烟花炮,鞭炮。 [4]不太平:有些不平。太,此处为表示否定的程度副词。

【赏析】

这首歌谣写三个身有残缺的人去观花灯,他们认识不到自身缺陷,只会埋怨外部环境。语言幽默,嘲讽了一些既不能正确认识自己也不能客观认识他人和外部世界的人。

小老鼠儿（一）[1]

小老鼠儿，爬缸沿，
偷点水，和点面，
请他干娘[2]来吃饭。
烙烙馍[3]，炒鸡蛋，
凉面条[4]，就大蒜，
他干娘吃得直出汗。

【注释】

［1］这首歌谣流传于河南地区，由孟宪明于1990年代搜集整理。［2］干娘：指拜认的母亲。［3］烙馍：是用鏊子或干锅隔火烤熟的面饼。［4］凉面条：把煮熟的面条放凉水里过一下捞出来拌菜吃，也称捞面条。

【赏析】

这首歌谣写小老鼠做饭菜请干娘吃。以拟人化的手法刻画了一个聪明懂事而又调皮活泼的孩子形象。

扫云的苇缨　摄影／孟宪明

小老鼠儿（二）[1]

小老鼠，给哪儿睡？

给墙窟窿儿[2]里睡。

铺的啥？小铺的儿[3]。

盖的啥？小盖的儿[4]。

蹬的啥？小轱辘儿[5]。

枕的啥？小棒槌儿[6]。

呼噜呼噜打鼾吹儿。

【注释】

[1]这首歌谣流传于河南地区，由孟宪明于1990年代搜集整理，口述者为其母亲。[2]墙窟窿儿：土坯或砖墙上的小洞。[3]铺的儿：方言，褥子。[4]盖的儿：方言，被子。[5]小轱辘儿：训逗老鼠的一种木制小玩具，圆轮形状，老鼠站上边随着轮转而转。[6]小棒槌儿：一虎口（拇指与食指张开的长度）长的木制棒槌形儿童玩具。

【赏析】

这首歌谣以拟人化的手法描述了小老鼠的舒适、自得、可爱。

小老鼠儿（三）[1]

小老鼠儿，上灯台儿[2]，
偷油吃，下不来。
妈呀妈呀你快来。

【注释】

［1］这首歌谣流传于河南新密一带，由孟宪明于1990年代搜集整理。 ［2］灯台儿：指旧式油灯的灯台儿。

【赏析】

这首歌谣以拟人化手法把小老鼠闯了祸后心里害怕而哭娘喊妈的儿童行为及心理描写得细致入微。

上游的黄河　摄影/陈维达

小白鸡（一）[1]

小白鸡，叨磨盘儿[2]，

一叨叨出来俩皮钱儿[3]。

要了[4]二亩地儿，

开了个菜园儿，

娶个花媳妇儿，

添了俩小孩儿。

大的叫笆斗儿[5]，

小的叫长篮儿，

笆斗引着[6]长篮玩儿。

【注释】

[1]这首歌谣流传于河南地区，由孟宪明于1990年代搜集整理，口述者为孟宪荣。[2]磨盘儿：石磨下边接面的圆盘。[3]皮钱儿：价值最小的铜钱，即一文钱。因其又小又薄，故曰"皮钱儿"。[4]要了：买了。[5]笆斗儿：去皮柳条编织的圆篮儿。[6]引着：领着，带着。

【赏析】

这是首奶奶哄孙子唱的歌谣，押韵和谐，带着安抚心灵的力量。也反映了人们对平淡人生的追求：二亩菜园、老婆和两个小孩儿。

小白鸡（二）[1]

小白鸡，挠磨盘，

打发闺女真作难[2]。

四个盘子一壶酒[3]，

打发闺女[4]上轿走。

爹跺脚，娘拍手，

再引[5]闺女是个狗。

三天来回门，

抬那响糖人[6]，

咬一口，甜似蜜，

引儿不胜[7]引闺女。

【注释】

［1］这首歌谣流传于河南地区，由张守镇于1990年代搜集整理。 ［2］作难：为难，发愁。 ［3］四个盘子一壶酒：闺女临上轿前一餐饭的传统菜量标准。 ［4］打发闺女：指送别闺女出门上轿。 ［5］引：生养，养育。 ［6］响糖人：回门时有响器班子吹着，抬着糖人等礼品。糖人，用白糖灌铸的人形礼品。在白糖匮乏的旧时代，响糖人的回门礼是很豪华的。 ［7］不胜：不如，比不上。

【赏析】

这首歌谣写一对父母在打发闺女和闺女回门时的心理变化。给闺女准备嫁妆、做衣服等耗费了很多财力人力，结果闺女一出门人财都空了，自是懊恼心伤。闺女回门时，抬了响糖人，既排场有面子，又有礼品实物，父母又高兴起来：生养闺女还是值得的！

老公鸡[1]

老公鸡，哽哽啼，
东头打发花闺女。
问问爹，送哩啥？
红绸被，绿绸被，
还有箱子还有柜。
问问娘，送哩啥？
新里新表花衣裳，
还有新鞋二十双。
问问哥，送哩啥？
红枕头，绿袜子，
还有镜子和胭脂。
问问嫂，送哩啥？
破盆子，烂罐子，
打发丫头嫁汉子。

【注释】

[1]这首歌谣流传于河南地区，由张守镇于1990年代搜集整理。

【赏析】

这首歌谣写农家嫁女，陪嫁物品可真不少：箱子、柜子，被褥、帐枕，衣服、鞋袜，粉脂、镜匣，还有盆、罐、台、架。不怪哥嫂不喜呀。

老鼠娶亲[1]

嘟嘟哇，嘟嘟叫[2]，
老鼠娶亲来到了。
八个老鼠抬花轿[3]，
四个老鼠放鞭炮，
四个老鼠吹鼓手，
嘟嘟哇哇真热闹。
老鼠嫂子去送亲，
老鼠大娘迎花轿。
老猫闻听来贺喜，
一口一个都吃掉。

【注释】

[1]这首歌谣流传于河南地区，由张守镇于1990年代搜集整理。 [2]嘟嘟哇，嘟嘟叫：模仿吹笙、吹唢呐的声音。 [3]八个老鼠抬花轿：八人抬的轿叫八抬大轿，是迎亲花轿的最高规格。

【赏析】

中原地区有正月十七老鼠娶亲嫁女的风俗，这一天晚上家家户户不点灯，以免打扰到老鼠家办喜事。"人闹它一时，它闹人一年"，所以在老鼠娶亲嫁女的时间大家都自觉回避，以免受到报复。反映了中原民间人与自然万物和谐相处的思想意识。老鼠娶亲一切按照人间娶亲的规矩来：八抬大轿、响器鞭炮、接亲送亲，欢欢喜喜、热热闹闹。乐极生悲，"老猫闻听来贺喜，一口一个都吃掉"，结尾出来了诙谐、搞笑的效果。

杀猪[1]

门搭吊[2],哗啦啦[3],

客来啦,没啥杀。

磨磨刀,杀鸡吧。

那鸡说:"我皮薄,杀我不胜杀那鹅。"

那鹅说:"我脖子长,杀我不胜杀那羊。"

那羊说:"四只银蹄往前走,杀我不胜杀那狗。"

那狗说:"看家看得喉咙哑,杀我不胜杀那马。"

那马说:"套上鞍子上亳州[4],杀我不胜杀那牛。"

那牛说:"东地西地都我犁,杀我不胜杀那驴。"

那驴说:"套上磨,呼噜噜[5],一晌能碾二斗谷。

杀我不胜杀那猪。"

那猪说:"喝您的恶水[6]吃您的糠,一刀下去见阎王。"

大刀切咧四方块,

小刀切咧柳叶长。

撒上葱,拌上姜,

香喷喷,喷喷香,

婶子大娘都来尝,

看俺的猪肉香不香。

【注释】

[1]这首歌谣流传于河南地区,1980年代由聂李氏口述、淑君整理。 [2]门搭吊:旧式木门上用于闩门挂锁的铁环链。 [3]哗啦啦:状声词,形容门搭吊晃动发出的响声。 [4]亳州:地名,今属安徽省。此处非实指。 [5]呼噜噜:状声词,形容石磨扇转动发出的声音。 [6]恶水:中原方言,指厨房中淘米刷锅产生的污水。

【赏析】

　　这是一首知识歌谣,主要介绍饲养的家禽家畜在家庭生产、生活中的作用。歌谣用拟人化的手法,让每一样动物都为了避免被杀待客的命运而表白自己的能力和贡献。而猪养来就是为了增添餐桌一道菜,所以甘愿被杀。"大刀"以下六句没有太大意义,只增加了歌谣的和谐美感。有的版本只到"见阎王"这一句就结束了。

好可爱的猪　摄影/孟宪明

小喜鹊[1]

小喜鹊，叨石磙，
打发老头[2]去买粉。
买来粉，你不搽，
打发老头去买麻。
买来麻，你不搓[3]，
打发老头去买锅。
买来锅，你不烧，
打发老头去买刀。
买来刀，你不切，
打发老头去买铁。
买来铁，你不打，
打发老头去买马。
买来马，你不骑，
打发老头去买驴。
买来驴，你不套[4]，
打发老头去抬轿。
抬来轿，你不坐，
不理你个小喜鹊[5]。

【注释】

[1]这首歌谣流传于河南地区，由孟宪明于1990年代搜集整理。[2]老头：这里指丈夫。[3]搓：指用麻搓绳子。[4]套：指将一些配套的器具安装到驴身上驱使其干活。[5]小喜鹊：此代指女主人公。

【赏析】

这首歌谣写一个妇人要这要那，要东要西，没有满足的时候，最后落到没人搭理的地步。生动形象地描绘出一个自私懒惰、贪婪无止境的老太婆形象。

月亮走[1]

月亮走,我也走,

我给月亮赶牲口[2],

一赶赶到大桥头。

人从桥上过,

水从桥下流。

牲口去喝水,

月亮碰住头。

【注释】

[1]这首歌谣流传于河南地区,由孟宪明于1990年代搜集整理。 [2]赶:驾驭。牲口:指马、骡、牛、驴等。

【赏析】

这首儿歌写得很美很美,给人以空灵欲仙之感。皎皎明月挂在天上,月亮走,我也走,我走月亮跟着我走。牛儿去河边喝水,水中的月儿就挂在牛儿的角上。如此美的画面让人的心儿都醉了。

扁嘴嘎嘎[1]

扁嘴嘎嘎,想吃黄瓜。

黄瓜有花,想吃脚丫。

脚丫真臭,想吃毛豆[2]。

毛豆真香,想喝面汤。

面汤糊嘴,想吃鸡腿。

鸡腿有毛,想吃鲜桃。

鲜桃有核[3],想吃牛犊[4]。

牛犊一瞪眼,

吓咧再不敢。

【注释】

[1]这首歌谣流传于河南地区,由孟宪明于1990年代搜集整理。扁嘴,中原民间对鸭子的俗称;嘎嘎,形容鸭子的叫声。 [2]毛豆:未完全成熟的黄豆荚。 [3]核(方言土音念hú):桃子里的子。 [4]牛犊:牛的幼崽,即小牛。

【赏析】

这首儿歌写一个小扁嘴要这吃要那吃,要来了又嫌弃,活生生塑造了贪嘴好吃而又调皮捣蛋的孩子形象。"牛犊一瞪眼,吓咧再不敢。"小孩子到底还是有怕处,一句话让人忍俊不禁。

日头落[1]

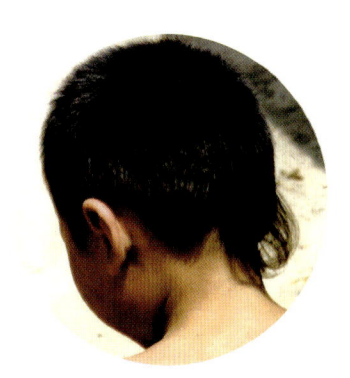

日头落,狼下坡[2],

光肚子小孩[3]跑不脱。

有爹咧爹背着,

有娘咧娘扯着。

冇爹冇娘狼拉着,

一拉拉到老狼窝,

娘哎娘哎我咋活!

【注释】

[1]这首歌谣流传于河南地区,由淑君于1990年代搜集整理。日头落,指太阳落山。 [2]狼下坡:夜晚狼下山觅食。 [3]光肚子小孩:不穿衣裳赤身裸体的小孩。

【赏析】

旧时候山上狼很多,夜晚会跑下山,有时候甚至会跑到平原来,所以人们对于防备狼的伤害极为重视。这首儿歌就是警告孩子晚上有狼,不要在外边逗留,教导孩子注意安全。同时也反映了无父无母孩子的凄惨生活境遇。

教给你个曲[1]

教给你个曲,

教给你个歌,

教给你南地摘豆角。

摘了一小篮,

炒了一小锅。

大哥吃了一大碗,

二哥吃了一碗多。

剩个小三没啥吃,

掂个碓碓去确锅[2]。

小三小三你别确,

咱弟兄仨分开锅[3]。

大哥分咧庄子地[4],

二哥分咧驴马骡。

剩个小三没啥分,

气咧小三直跺脚。

【注释】

　　[1]这首歌谣流传于河南地区,由张守镇于1990年代搜集整理。 [2]碓碓:指石臼配套的石碓头,也叫石杵。确(方言土音念 quō):砸,捣。 [3]分开锅:分家,不在一个锅里吃饭。 [4]庄子:指宅基地和房屋。地:指田地。

【赏析】

　　家庭里也有不公,也有欺压,"小三"反抗了,可是却遭遇了更大的不公、更甚的欺压。这首歌谣虽是戏说调侃,但还是一定程度地反映了社会和家庭中弱者受欺压剥削的现实。

东西大街南北走[1]

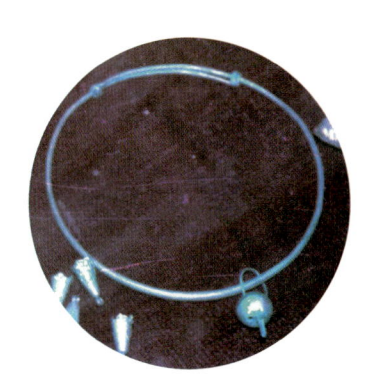

东西大街南北走,

出门碰见人咬狗。

拾起狗来打砖头,

又叫砖头咬住手。

骑了轿子抬了马,

吹了锣鼓打喇叭。

芦花水中沉了底,

石头水上打漂漂。

天上麻雀追老鹰,

屋里老鼠撵狸猫。

【注释】

[1]这首歌谣流传于河南地区,1980年代由聂李氏口述、淑君整理。

【赏析】

这是一首诙谐歌谣,将一些常见的事物和现象颠倒着说,白说成黑,东西说成南北,以此造成幽默让人发笑的效果,又称颠倒话。反映了中原人的智慧幽默和乐观的人生态度。

日头出来照西墙[1]

日头出来照西墙，

东墙底下有阴凉。

门前有棵大杨树，

杨树底下卧绵羊。

羊角长在羊头上，

羊尾巴长在羊腚上，

羊毛出在羊身上。

我说这话你不信，

腰里别个柳木棍。

摸黑走路摔一跤，

柳棍硌住我的腰。

【注释】

[1] 这首歌谣流传于河南地区，由张守镇于1990年代搜集整理。

【赏析】

这是一首诙谐歌谣，实话实说，平常的习以为常的一些事物，本来不用说大家都明白是怎么回事，现在将其串到一起特别地说出来，同样收到了引起人们发笑的幽默效果。

板凳板凳摞摞[1]

板凳板凳摞摞,

里头坐个大哥。

大哥出来买菜,

里头坐个奶奶。

奶奶出来烧香,

里头坐个姑娘。

姑娘出来磕头,

里头坐个孙猴。

孙猴出来打水儿,

里头坐个小鬼儿。

小鬼儿出来捉爬叉[2],

里头坐个小娃娃。

娃娃出来掂尿罐儿[3],

嘭——嚓,两半儿。

你一半儿,我一半儿,

剩下一半和泥玩儿。

【注释】

[1]这首歌谣流传于河南地区,由淑君于1990年代搜集整理。板凳,民间木制坐具,一个木板凳面下边四条腿,有高有矮,有大有小。摞摞,指把东西上下放一起。 [2]爬叉：蝉蜕壳前的幼虫。 [3]尿罐儿：夜晚盛小便的瓦陶器具。

【赏析】

这是一首小孩子唱的儿歌,合辙押韵,朗朗上口。语句没有太大意义,但有趣味,在吟唱的过程中,孩子们得到了身心的愉悦。

小门墩儿[1]

小门墩儿,

你挝[2]去？灌茶去[3]。

啥茶？好茶。

啥好？天好。

啥天？蓝天。

啥蓝？毛蓝[4]。

啥毛？黄毛。

啥黄？泥黄。

啥泥？胶泥[5]。

啥胶？皮胶。

啥皮？鸡皮。

啥鸡？芦花公鸡[6]。

哽…哽…刹戏[7]。

【注释】

[1]这首歌谣流传于河南地区，由淑君于1990年代搜集整理。门墩，门框下方两边支门框的长方体石墩，多为青石。 [2]挝（zhuā）：干啥。 [3]灌茶去：旧时，拿器皿去茶馆买茶水。 [4]毛蓝：比深蓝稍浅的蓝色。 [5]胶泥：黏土泥块。 [6]芦花公鸡：单冠、羽毛黑白相间的公鸡。芦花鸡是中国土生鸡的一个品种。 [7]哽…哽…：模仿鸡叫声。刹戏：戏曲表演结束。泛用于一件事的结束。

【赏析】

这是一首小孩子唱的儿歌，用问答和接龙的形式把多种事物串连成一首歌，节奏感强，朗朗上口，风趣幽默，很受儿童喜爱。

一个姑娘把花绣[1]

一个姑娘叫个够[2],

坐在绣楼把花绣。

绣楼上边有囤豆,

豆囤顶上一篓油[3]。

鸡叨豆囤囤漏豆,

狗咬油篓篓漏油。

姑娘一见心头恼,

脱下绣鞋猛一投。

只投住鸡的腿狗的头,

鸡不叨豆囤囤不漏豆,

狗不咬油篓篓不漏油。

【注释】

[1]这首歌谣流传于河南地区,由孟宪明于1990年代搜集整理,口述者为孟耀庭。[2]够:姑娘的名字。[3]一篓油:装在油篓里的一篓油。油篓,用荆条编成,里边糊上有关材料做的灰泥,使其不漏汁水。小口大肚,形似坛子。

【赏析】

这是一首绕口令歌谣,将相同韵母的字词组成一首意思有关联的歌,拗口而有趣味,孩子们在说唱的时候,既娱悦了身心,也练习、校准了语言的发音。

放了裹脚走四方[1]

一更[2]里，月上升，
实行裹脚真苦情。
二更里，月初发，
裹坏天脚为什么！
三更里，月正南，
小脚疼得似箭穿。
四更里，月西落，
裹脚痛苦向谁说。
五更里，天大亮。
放了裹脚走四方。

【注释】

[1]这首歌谣流传于河南地区，由张守镇于1990年代搜集整理。裹脚，是封建社会至二十世纪四十年代中国社会存在的一项陋规恶俗，即女孩子五六岁就开始裹脚，用长条棉布把脚缠裹结实，不让其自然成长，致使双脚脚骨弯曲变形，成为一个肉骨嘟。而裹脚布则会伴随女子一生，到死都要裹着脚。二十世纪三四十年代即提倡革除裹脚陋俗，妇女放脚，恢复天足。即女子已经裹脚的去掉裹脚布，给脚去掉束缚得到恢复，尚未裹脚的小女孩不再裹脚。到二十世纪五十年代，妇女裹脚的习俗被彻底清除，各地再无女子裹脚。 [2]一更：这首民歌采用"五更调"，是中原民间常用的小调曲，又称"五更曲""叹五更""五更鼓"。歌词共五叠，自一更至五更递转咏歌，故又名"五更转"。此调起源较早，是南北朝时期乐工采自民间，被列为乐府相和歌辞清调曲之一。

【赏析】

这首歌采用五更调谣叙说了裹脚的痛苦和放脚得到解放的喜悦。歌词先诉说了裹脚的痛苦，并发出诘问："裹坏天脚为什么！"没有回答，裹脚还在继续。终于天亮了，"放了裹脚走四方"。"走四方"表达了女子放脚获解放的身心轻松愉悦。

打花巴掌[1]

打花巴掌正月正,

正月十五看花灯。

打花巴掌二月二,

二月青草拱出地儿[2]。

打花巴掌三月三,

三月茅芯起了尖[3]。

打花巴掌四月四,

四月泥鳅上了市。

打花巴掌五月五,

五月车水[4]打锣鼓。

打花巴掌六月六,

六月仔鸡炒葫芦[5]。

打花巴掌七月七,

七月莲蓬[6]在湖里。

打花巴掌八月八,

八月棉花捡回家[7]。

打花巴掌九月九,

九月菊花拿在手。

打花巴掌十月十,

十月秋风凉丝丝,

大人小孩穿棉衣。

【注释】

[1]这首歌谣流传于河南地区,由淑君于1990年代搜集整理。打花巴掌,是中原

地区一项儿童游戏，也称"拍手""打麦"。游戏时二人一组，对脸站或对脸坐，双方左手拍打左手，右手拍打右手，左右手一替一下，一边拍打一边唱歌。拍花巴掌的游戏歌谣很多，此为其一。［2］拱出地儿：二月的时候，野草刚发芽儿，草尖刚出地皮。［3］三月茅芯起了尖：到了三月，茅草冒出了尖尖。［4］车水：用水车车水浇灌田地。［5］仔鸡：幼鸡，此处意为，当年养的小鸡娃已经长成，可以杀吃了。葫芦：一种藤蔓植物，结的果实叫葫芦，嫩时可以做菜。［6］莲蓬：是荷花败落后长的果实，里边结莲子。［7］八月棉花捡回家：八月棉花可以摘了。

【赏析】

　　这是一首儿童游戏歌谣，儿童一边玩一边唱，所以词句短小精悍，押韵上口，节奏感强。同时也糅合了简单的生产知识和生活常识，使孩子们在玩耍的同时，亦能接受知识的教育。

黄河岸边的羊·摄影/孟宪明

一骨嘟蒜　两骨嘟蒜[1]

一骨嘟蒜，两骨嘟蒜，
俺娘把我送到陈留县[2]。
去时候穿的破棉袄，
回来穿的是绫罗缎[3]。

一骨嘟蒜，两骨嘟蒜，
俺娘把我送到陈留县。
去时候穿的破棉袄，
回来披了个麻包片[4]。

【注释】

[1]这是流传于河南开封一带的歌谣。1892年由作者的母亲在老家农村口述。骨嘟：方言，数词。一骨嘟蒜，即一头大蒜。　[2]陈留县：古称雍丘，是开封的卫星城。开封商业繁荣，陈留近水楼台，外地的农民常去陈留经商、做工。　[3]绫罗缎：都是华美贵重的好衣服。　[4]麻包片：麻包片不做衣服。披麻包片，说明没有衣服穿，是万不得已的无奈之举。

【赏析】

这是外出经商或者打工当学徒的截然相反的两种结果。此歌谣的绝妙之处，在于前三句都一样，只在第四句稍做改动，就把冰火两重天的结局呈现了出来。好学易记，朗朗上口。美国有首著名的歌谣："如果你爱他，就把他送到纽约，因为纽约是天堂。如果你恨他，就把他送到纽约，因为纽约是地狱。"这首歌谣和它有着异曲同工之妙，不同的是，这首歌谣比那首歌谣更为含蓄。

货郎担叫卖歌[1]

哎——
货郎担来喽!

破铺衬[2],烂套子[3],
不能戴的破帽子。
袜底子[4],鞋帮子,
不能穿的破裤子。
烂绳头,麻片子[5],
不能用的铁盆子。
旧单鞋,烂棉鞋,
破铜烂铁钉头子。
坏铁锅,犁铧尖[6],
不能用的破勺子。
长头发,短头发,
用完牙膏的旧皮子[7]。
碎玻璃,烂瓶子,
破洞漏水的茶缸子[8]。
来换针,来换线,
来换头上的花卡子[9]。
换头花,换头绳,
还换洗脸的香胰子[10]。
换香粉,换胭脂,
还换木梳和篦子。

换洋火,换洋烟[11],
还换铅笔和本子。
都来买,都来看,
大人小孩都不骗。
也不哄,也不瞒,
公公道道好价钱。

哎——
快来看快来买喽!

【注释】

[1]这首歌谣流传于河南地区,由淑君于1990年代搜集整理。货郎担,即杂货担子。货郎即是旧时挑着杂货担子串乡交易售卖的小商贩。 [2]铺衬:旧布块儿。 [3]套子:用棉花铺续成被褥形或衣片形,以做被褥或棉衣,俗称棉花套子或套子。 [4]袜底子:旧时的袜子是用棉布做的,有袜筒、袜帮和袜底。 [5]绳头:指麻绳头。麻片子:指麻袋碎片。 [6]犁铧尖:指犁上的铁犁铧片。 [7]用完牙膏的旧皮子:用完牙膏的袋子,俗称牙膏皮。旧时的牙膏袋多为铅合金材料,可以回收利用。 [8]茶缸子:指用旧的铁皮缸子。 [9]卡(qiǎ)子:束头发的发饰用具。 [10]香胰子:香皂。 [11]洋火:火柴。洋烟:卷烟,也叫香烟。

【赏析】

这首货郎叫卖歌谣,先介绍可以用来交换的旧东西,接着介绍自己的货物品类,最后表明自己买卖公道,价钱合理,童叟无欺。内容朴实,音调高亢。货郎担每走近一个村庄要先吆喝唱起来,以招引顾客,时间久了,货郎不仅声音嘹亮,还曲调优美,富有韵味,围上来的人一半为了买东西,一半是为了听唱歌。

卖针谣[1]

一根针呀独木桥,
走在上头摇三摇。
两根针呀两颗心,
夫妻相爱情谊深。
三根针呀三结义[2],
针线活不兴用单的。
四根针呀四季财,
发了钱财把针买。
五根针呀五魁首[3],
买得少了要丢丑。
六根针呀六六顺,
六根银针分均匀。
七根针呀七夕度,
七月里针数不识路。
八根针呀八锭银,
八根银针用一旬[4]。
九根针呀九重阳[5],
针买少了用不长。
十根针呀一小包,
小包针少换大包。
大包包大针又多,
一家老少乐呵呵。

【注释】

［1］这首歌谣流传于河南地区，由张守镇于1990年代搜集整理。［2］三结义：指东汉末年刘备、关羽、张飞三人结义为异姓兄弟。［3］魁首：指在同辈中才华居首位的人。［4］一旬：时间计算单位，一旬等于十天。［5］重阳：指九月初九重阳节。

【赏析】

这是卖针的人唱的歌谣。针是缝衣针，在旧时代家家户户都要用的，少不得。但虽然用户庞大，却因为东西太小不值钱，所以卖针生意并不能赚很多钱，他们追逐着各地集会做生意，很是辛苦。卖针谣的曲调很特别，歌词段子也很多，在集会上往往很多人围着卖针的摊子听唱歌。

庙会上卖的钢针　摄影／孟宪明

十二月菜歌[1]

正月里菠菜哪满地青,

二月里长出哪羊角葱[2]。

三月里芹菜哪往上长,

四月里莴笋哪一扑棱。

五月里黄瓜哪上了市,

六月里瓠子[3]哪弯成弓。

七月里茄子哪紫溜溜,

八月里豆角哪拧成绳。

九月里辣椒哪红满棵,

十月里蔓菁[4]哪上秤称。

十一月白菜哪进了窖,

十二月莲菜挖出了宫。

四季的蔬菜都长成啊,

一年的生活哪有菜用。

【注释】

[1]这首歌谣流传于河南地区,由淑君于1990年代搜集整理。 [2]羊角葱:春天时前一年的老葱根生发出的新葱。 [3]瓠子:也称作瓠瓜,比葫芦细、长,嫩时可作蔬菜。属葫芦科葫芦属一年生蔓性草本植物。 [4]蔓菁:俗称大头菜,十字花科,芸薹属二年生草本植物。块根肉质,球形、扁形或长圆形,可熟食或腌制咸菜、泡菜。

【赏析】

这是一首时令蔬菜知识歌谣,语言朴素,内容实在。

十二月花歌[1]

正月迎春花儿黄,

二月红杏花开香。

三月桃花开得艳,

四月梨花白如霜。

五月石榴红似火,

六月荷花满池塘。

七月芍药人人爱,

八月桂花秋风凉。

九月菊花黄似金,

十月芙蓉立寒霜。

十一月月季依然娇,

十二月梅花雪中放。

【注释】

[1]这首歌谣流传于河南地区,由淑君于1990年代搜集整理。

【赏析】

这是一首时令鲜花知识歌谣,将十二个月里开的花一一列出,对儿童学习掌握非常实用。用唱歌的形式,小孩子更有兴趣,也更容易接受。

卖儿谣[1]

卖儿郎，卖儿郎，

一根小棍扎头上[2]。

小儿哭着喊肚饥，

父母泪水肚里藏。

【注释】

[1]这首歌谣流传于河南地区，1990年代由羽佳口述，翟向阳采录。 [2]一根小棍扎头上：旧时代卖人时在被卖者头上扎根草木棍儿，站在路边，就表示此人要出售。

【赏析】

这首卖儿的歌谣写得悲惨凄凉。走投无路、万般无奈的父母为了让自己活下去也让儿女能够活下去，只好卖掉孩子，俗说"让他逃个活命吧"。卖儿现场，小儿号饥，父母暗泣，让人不忍卒读。

内蒙古喇嘛湾河段的河冰　摄影／董保华

逃荒谣[1]

月奶奶,明晃晃,

担起破篓去逃荒[2]。

一头是闺女,

一头是儿郎,

后头跟着孩他娘。

儿呀儿,你别哭,

娘去要饭讨糊涂[3],

要来儿女补补肚[4]。

【注释】

[1]这首歌谣流传于河南地区,1990年代由翟作正口述,翟向阳采录。 [2]逃荒,因灾荒无以为生而逃到外乡谋生。 [3]糊涂:方言,用粗面或粗面加野菜做的粥汤类食物。 [4]补补肚:填填肚子。

【赏析】

这首歌谣描绘了农民灾年逃荒的悲惨景象。每遇到灾荒年,没有粮食,生活难以为继,人们就要扯家带口地出外逃荒,讨饭或给人帮忙做活,来维持生计。男人挑担挑着小儿女,后边跟着老婆牵着大孩子,这仿佛成了中原人逃荒的标准形象。

老实话(十二月调)[1]

正月里,是新春,
十六两分开俩半斤[2]。
爷仨[3]走路他爹大,
哥比弟弟大几春。
锥子缝衣不如针,
砂锅和面不如盆。
两口吃的一锅饭,
谁媳妇只向谁男人。

进大门,就到家,
种豆能得豆,
种瓜能得瓜,
要吃香油种芝麻。
天下雨,地下滑,
自己跌倒自己爬。
亲戚朋友拉一把,
酒换酒来茶换茶。

三月里,是清明,
梨花白,桃花红。
杨柳绿来麦苗青,
树梢西弯刮东风。

四月里来麦梢黄,
穷户人家断米粮。
借一斗来还斗半,
还贴好话几箩筐。

五月里,打完场,
东家凶狠催租粮[4]。
旱涝不能少一粒,
财主都是黑心肠。
富人有钱吃白面,
穷人吃饭馍掺糠。
羊肉膻,鱼肉腥,
吃肉香来穿绸光。

六月里,热难当,
胡子长在嘴巴上。
不做活,不使慌[5],
谁种地来谁完粮[6]。

七月里,七月七,
牛郎鹊桥会织女。
吃饱饭,肚不饥,
吹火[7]还得一口气。

八月里,立过秋,
刮股风,凉飕飕。

谁家门前谁来扫，
蝎蜇谁来谁难受。

九月里，菊花鲜，
下有地，上有天，
世上公鸡不下蛋，
老鼠见猫窟窿钻。

十月里，雪花飘，
天气寒冷穿棉袄。
老葫芦，能锯瓢[8]，
爹娘死了戴重孝。

十一月，大雪扬，
王祥卧冰为他娘[9]。
郭巨埋儿得黄金[10]，
行孝遇难能呈祥。

十二月，忙过年，
贫富忧欢差地天。
大户人家摆酒宴，
小户人家买油盐。
要饭的一觉醒来啥都会，
上帝心太偏，
蓄意分贵贱！

【注释】

[1]这首歌谣流传于河南地区,1990年代由阎大妈口述,朴书痕采录。十二月调,河南民间小调的一种曲调。 [2]十六两分开俩半斤:旧时的秤十六两为一斤,故有此说。 [3]爷仨:父子三人。 [4]东家:出租土地的人。租粮:租地的酬金。 [5]使慌:方言,也说"使哩慌""累哩慌",劳累的样子或感觉。 [6]完粮:交粮给官家完结土地岁赋。即将收获的粮食拿出一定的数量交给公家,作为土地的岁赋,又称"交公粮"。 [7]吹火:指旧时烧锅生炉子点火时用嘴吹火。 [8]瓢:舀水、搋面的用具,有木瓢、铁瓢和葫芦瓢,一个老葫芦锯开可以得两个瓢。 [9]王祥卧冰为他娘:传统"二十四孝"里的故事,王祥之母害病想吃鱼,但当时天寒水冻打不来鱼,王祥卧河冰上要化冰求鱼。 [10]郭巨埋儿得黄金:传统"二十四孝"里的故事,郭巨事母孝,荒年粮食少,每给母亲做了吃的,郭母心疼孙儿幼小,总想分食与孙儿。郭巨怕儿子与母亲争食,意欲活埋掉儿子,挖坑时得黄金一釜,中有丹书:"孝子郭巨,黄金一釜,以用赐汝。"

【赏析】

这组歌谣除了说实话逗人发笑以外,还讲了一些生活知识和常识,以及一些人生道理,如"种豆能得豆,种瓜能得瓜""自己跌倒自己爬""酒换酒来茶换茶"。对小孩子的影响是有益的和积极向上的。

教子歌[1]

为人父，尽其道，
小儿无知父母教。
或是耕，或是读，
总要走条正经路。
人有难，伸手帮，
养成一副好心肠。
一草木，莫要取[2]，
长大必然知廉耻。
见长者，知尊卑，
看茶让座有礼义。
莫打人，莫骂人，
遇事先让人三分。
两个孩，斗了气，
先责自己不懂理[3]。
粗茶饭，粗布衣，
不教长大学破费[4]。
零花钱，莫随便，
怕他花惯成自然。
多干活，少说话，
不说谎言穷呱嗒[5]。
守本分，远小人，
赌博场内休要进。
多管教，才是亲，

娇生惯养害子孙。

【注释】

[1]这首歌谣流传于河南地区，1990年代由段春选自述记录。 [2]一草木，莫要取：他人的一草一木莫要拿取。 [3]先责自己不懂理：两个小孩子斗气要先责备自己的小孩儿不懂道理。 [4]破费：此为浪费的意思。 [5]呱嗒：话多，唠叨。

【赏析】

这首教子歌谣从各个方面教导孩子，言行举止，生活习惯，为人处世，待人接物，道德礼仪，选择职业，勤劳节俭，修身养性，立身立德等。最后以"多管教，才是亲，娇生惯养害子孙"结束全篇，说明古代民间百姓已深知正确教养孩子的重要性。

墙头上开花的仙人掌　摄影/孟宪明

指望别人是枉然[1]

指望别人衣,
冻得咳嗽打战。
指望别人饭,
饿得肝肠气断。
指望别人牛,
荒了你家庄田。
指望别人钱,
跑上跑下脚磨烂。
只有自力更生,
靠人全是枉然。

【注释】

[1]这首歌谣流传于河南地区,1990年代由段春选自述记录。指望:一心期待,盼望。枉然:得不到任何收获,白费力气。

【赏析】

这首歌谣阐述了为人要自强、自立、自力更生,依赖别人都是枉然的人生道理。写得自然明白,浅显易懂。

一年四季一块面儿[1]

明三暗五[2]小独院儿，

老婆孩子住一块儿。

养个鸡儿，媷[3]个蛋儿，

一年四季一块面儿。

【注释】

[1]这首歌谣流传于河南及黄河下游两岸地区，1990年代由赵五爱搜集整理。一块面儿，全是小麦好面。 [2]明三暗五：中原民间房屋的一种样式，从外边看是三间，实际是五间。明三暗五一般是坐北朝南的高大的砖墙瓦房，中间开门，东西两间各带一间套间。 [3]媷：鸟禽类下蛋。

【赏析】

这首歌谣唱出了古代中原百姓的理想生活：住五间宽的大瓦房外带一个小独院，老婆孩子住一块儿热热乎乎，养鸡有鸡肉鸡蛋吃，一年到头都能吃上白面馍馍。多么的快乐又惬意。

中游黄河水 摄影/陈维达

采桑歌[1]

麦叶长来桑叶圆,
姐妹采桑手提篮。
穿过弯弯田埂道,
一路歌声震撼天。
青枝绿叶好桑田[2],
采桑回家好喂蚕。
待到蚕老网出丝[3],
姑娘小伙笑开颜。

【注释】

[1]这首歌谣流传于河南及黄河中下游两岸地区,选自《开封地区民歌集》。采桑,采摘桑叶喂蚕。 [2]桑田:种植桑树的田地。 [3]蚕老:指蚕成熟要吐丝了。网出丝:从蚕茧抽取丝。

【赏析】

这首歌谣写姐妹一边采桑一边唱歌,唱出了劳动的开心快乐,表达了她们的愉快和满足以及对美好生活的向往。

古今谚语

黄河口大汶流湿地保护区　摄影/董保华

伊洛鲤鲂　贵于牛羊

据东魏杨炫之《洛阳伽蓝记》记载：洛水上南北两岸，门巷修整，阛阓填列。别立市于洛水南，号曰四通市。伊洛之鱼，多于此卖。士民须脍，皆诣取之。鱼味甚美。京师语曰："伊洛鲤鲂，贵于牛羊。"

这句谚语是说伊河和洛河里的鲤鱼、鲂鱼，味道鲜美，售价甚高，小可抵羊，大可赛牛。虽然都是鲤鱼、鲂鱼，因其出自不同的河流，其实也有优劣，并不完全一样。古人对此早有认识。洛水以浑、深，宜于鲤鱼。伊水以清、浅，宜于鲂鱼。所以，古人也有这样的说法：伊洛鲂鲤，天下最美。这就把鲂鲤和河流分得清了。

伊水、洛水都是黄河的支流，早在《诗经》时代，黄河中的鲂、鲤，就已是著名的美食了。

《诗经·陈风·衡门》记载：

岂其食鱼，必河之鲂？

岂其娶妻，必齐之姜？

岂其食鱼，必河之鲤？

岂其娶妻，必宋之子？

齐国是姜尚的封地，国君姓姜。姜姓是齐国的贵族。

宋国是商的后裔，国君姓子。子姓是宋国的贵族。

这两句诗的意思是说：

娶妻不一定非要齐国姜姓的闺女，就像吃鱼不一定非要黄河的鲂鱼一样。

娶妻不一定非要宋国子姓的闺女，就像吃鱼不一定非要黄河的鲂鱼一样。

可见，战国时代的黄河鲂、黄河鲤已经名满天下了！

黄河灾　天水来

金兵入主中原，占领了汴梁。逃到南方的赵构建立了南宋政权。可北方的老百姓从心里并不认同金朝，总希望宋朝的天兵能打回来。据《文献通考》记载："孝宗淳熙中，河决入汴，梁宋间为之语：黄河灾，天水来。天水、国姓也。遗黎以为恢复之兆。"

这深具政治意义的谚语，被史学家所采录，惶惶然溶入了滔滔的黄河之中。

唇亡而齿寒　河水崩　其坏在山

这是汉人刘向在他的著作《别录》里引用古人的话语。刘向是西汉人，距今将近两千年了，他引用的古语，自然又离我们远了一些。前边的"唇亡而齿寒"原本是比喻黄河的。意思是说，河水崩溃，原因是山"坏"了，管束不住河水了。就像没有了嘴唇，牙齿就会感到寒冷一样。嘴唇是包牙的。山是堵水的。

随着时间的推移和语言的变化，喻体"唇亡而齿寒"留了下来，变成了"唇亡齿寒"的成语，而本体的"河水崩，其坏在山"却被淘汰，变成了语言的化石，只能偶尔被"考古"的学者们一作拜访而勉强不灭。

乘船走马　去死一分

船行水上，水激浪高，危险甚多。所以坐船被称为"去死一分"。也就是离死近了一分。古人以"十分"为满，近一分就很危险了。所以古人能走路决不坐船。走马亦即骑马，为什么也危险呢？北宋孙光宪的《北梦琐言》中讲了一个故事：

唐时杜彦林为朝官，一日，马惊蹶倒，踏镫即深，抽脚不出，为马拖行，一步一踏，以至于卒。

这可不是"去死一分""以至于卒"，他是"去死十分"！

所以，古人对此谚语是深以为然的。直到今天，在洛阳一带仍有相同意思的谚语流传，如：

行船走马三分险

还有些谚语虽然表述上有不同，或直陈，或提醒，或劝诫，但意思却无大变，如：

马上摔死英雄汉

河里淹死会水人

有轿莫骑马

有车莫乘船

黄河清　圣人生

古人相传，黄河千年一清，每清必有圣人出世。《左传·襄》八年："子驷曰：《周诗》有之曰：'俟河之清，人寿几何？'"《注》解释说："逸诗也。言人寿促而河清迟。"也就是说，在今天所传的《诗经》里是找不到这句话的。

黄河浊浪排空，大海波涛汹涌，所以古人把河清海晏当成太平盛世的别称。诗人鲍照写了中国历史上第一篇《河清颂》，抚今追昔，汪洋恣肆，激情满怀。从此之后，每有清河，便有文人雅士吟诗作赋，蔚为大观。近看新闻，说现在的黄河，是五百年来含沙量最少的时候，换句话说，今天是河水最"清"的时候。中华民族的伟大复兴当在此时了！

河源图　摄影/陈维达

不见黄河不落泪

要讲这个俗语，就得讲女娲老奶奶是如何去世的——

女娲老了。力气不够了。她常常走一段路，就要坐下来休息一会儿。以前一天能做完的活，现在两天还干不好。

女娲真老了。她常常分不清是朝霞还是晚霞、是春风还是秋风，只有看见满地的儿孙，她才会变得清醒起来。她知道，谁是她捏的第一批，因为捏第一批时她还不熟练，有的个大，有的个小，显得有些随意。她知道，那些漂亮的女孩子是她捏得最用心的，因为心情好，她刻意要考考自己的手艺。她记得，她捏过会飞的鸟、会跑的兽、会游的鱼……捏得最多的自然还是人。男人、女人、黑土人、白土人、红土人、黄土人，挖到啥土用啥土，挖到啥土她都能捏。

这些天老下雨。小雨，大雨，暴雨……几十天太阳不露脸。虽然早年天补过，谁知道会不会哪儿又出问题，再次漏雨呢！女娲老了。女娲知道自己老了。要是万一再下起早年那样的大雨，天下的泥孩子们该怎么过呢？

女娲抬头望天，祈盼着早些儿雨停。

好像听懂了女娲的心愿，大雨，小雨，零零星星的雨丝丝儿……雨终于停了下来。

女娲正要感谢上苍的垂眷呢，猛听见远处呼呼的响声。

女娲老了。女娲老听见这个响声。因为早年补天的时候，流潦纵横，天下的水声也是这样响的。这个响声刺激了她。她知道，这是幻觉。就在这时候，一群小人儿跑了过来，大声地喊着：

"老奶奶，不好了！洪水过来了——"

小人儿们跑到跟前，抱住女娲的腿，哭了。

女娲站起身:

远处,正有连天的波涛乌云般猛扑过来。

女娲明白了。这一次的水声,不是幻觉!

哭声遍野。那些泥捏的小人儿们吓坏了。

来不及多想,女娲深吸了一口气,说:"孩子们别怕!看奶奶去把它挡住!"

孩子们全笑了。他们知道老奶奶的神通。她说挡住,就一定能够挡住。

孩子们追在老奶奶的后边。他们想看看英勇的老奶奶勇挡洪水。

洪水的速度实在太快了,老奶奶还没有做好准备,连云的浪头已经扑到跟前。

小人儿们一看,扭脸就往高处跑。

洪水毫不留情,追着人们蹿往山上。

有人被水冲走了。

"太可恶了!"女娲老奶奶一步猛跃,挡在了洪水面前,伸开双臂,叉开双腿,山一样顶住了狂傲的洪峰。

作者向风陵渡的尚成麦先生了解女娲神话　摄影 / 王伟

女娲神话的介绍之一　摄影 / 孟宪明

女娲神话的介绍之二　摄影 / 孟宪明

女娲神话的介绍之三　摄影 / 孟宪明

洪水被激怒了，咆哮着，翻滚着，但女娲在前边挡着，它们怎么也不能过去。

小人儿们站在高处，拍着手给老奶奶鼓劲。

水越积越高，眼看着就要漫过老奶奶的肩膀。

小人儿们害怕了。

老奶奶抖了抖身子，猛然间，身体长高了许多。

小人儿们再次鼓掌。他们知道，水再高，老奶奶也能挡住。

水实在太多了。

女娲的年纪毕竟太大了。

四十九个昼夜过去，水还在涨，虽然越涨越慢。

四十九个昼夜过去，女娲不长了，她已经长不动了。

老奶奶变成了结实的堤坝，汹涌的洪水被她结结实实地挡在了上边，不能向下肆虐。

四十九天过后，一股细小的水流漫过老奶奶的肩窝，偷偷地流了下去。

在烂漫的春天再次来到的时候，女娲死了。她变成了一座结实厚重的堤坝。

老奶奶的堤坝，让洪水变成了细流。

偷偷摸摸的细流在多年之后又变成了滚滚的激流。

多少年过去，老奶奶创造的小人儿们已经长大。他们生儿育女，繁衍不息。

多少年过去，老奶奶的堤坝虽然仍在挡水，但却是越冲越小了。

后人们忘不掉老奶奶的恩情，他们在女娲奶奶去世的清明时节前去吊唁、祭拜。供品，香火，颂唱的歌声和着滚滚的泪水。高大的堤坝下跪满了虔诚的子孙。

千年后，又一场洪水来临，老奶奶的堤坝最终被浪涛冲垮，淹没在滚滚的黄河之中。

千秋百代过去,子孙们越来越多,行走四方,远播天下,但即使他们迁徙了很远很远,离开了很久很久,但只要一到清明时节,他们就会自然而然地想到女娲,想到老奶奶为子孙的幸福而英勇牺牲,就会从遥远的地方赶过来祭祀。用大供,用高香,用颂唱的歌声和滚滚的泪水,表达对老奶奶的景仰和思念。"不见黄河不掉泪""不到黄河不湿(死)心""不到黄河心不死",这些千年的俗语说的都是这一件事情。因为,来到了黄河岸边,望见或者望不见"老奶奶",人们都是一样的伤心难过。

今天,这个曾经有过巍峨堤坝的地方叫作风陵渡。女娲姓风。陵,是指帝王的墓地。风陵,就是女娲老奶奶的陵墓。从风陵边驶过的船载的都是老奶奶的后裔,老奶奶都会真心地保护着。想想看,哪个地方能有风陵渡的名声更大、意蕴更吉祥呢?

蒲州铁牛 摄影/孟宪明

天下黄河富宁夏

奔腾不息的黄河水一直以利、害相交闻名,而为什么单富宁夏?这实在是需要细说一番的事情。

黄河由甘肃兰州东下,闯过两峡和黄土高原,进入宁夏的中卫市后,河面渐宽,形成了冲积平原。黄河沿贺兰山北流,至内蒙古临河,因受阴山所阻折而向东,在克托克县接纳了大黑河,突然掉头,沿着吕梁山一路南奔,绕了一个马蹄形的大弯。这个独特的大弯曲像偌大一个布套,卡在了宁蒙平原之上。故被人们称之为"河套"。"黄河百害,唯富一套"即是指的这里。

河套平原西起贺兰山、大青山,东到呼和浩特、和林格尔,南达鄂尔多斯高原,北抵狼山、大青山。面积宽广,纵贯宁夏、内蒙古两个自治区。宁夏部分被称为宁夏平原或者银川平原,以青铜峡水利枢纽为界。

黄河在宁夏段平静地流淌着,两千多年来,不知疲倦地灌溉着两岸的农田。虽然当地降雨量小,不足以养活庄稼,但因为有黄河的滋润,年年丰收,物产丰饶,中药枸杞和银川大米都是标志性的品牌。"塞北江南",人们常用这样的话称赞宁夏。

三十年河东 三十年河西

这是一句表现世事变化难于把握时常说的谚语。暗含感叹、惊奇、无奈等情感。这句话的产生地据说就在山西的蒲州。

蒲州原叫蒲坂，地处黄河之畔。这是一座古老的城市，历史记载黄河上的第一座浮桥就是在这里建起的。据《春秋左传》记载，鲁昭公元年（前541），秦公子针，带车千乘，要去山西，用连接在一起的船在黄河上造了中国历史上的第一座浮桥。唐代徐坚的《初学记》记载："公子针造舟处在蒲坂夏阳津，今蒲津浮桥是也。"此后，历代多在此处造桥。唐开元十二年（724），唐玄宗降诏"新作蒲津桥"。宰相张说亲自指挥，用了180余万斤的铁、锡在黄河两岸各铸造了四只铁牛、四座铁山、铁人和系船用的三十六根铁柱。用去了当年全国所产铁、锡的五分之四。为什么要铸造铁牛呢？古人认为，牛属土，土胜水。所铸为牛，用以镇水。古老的蒲州城现在已不复存在，被黄河泥沙埋在了地下。

黄河至内蒙古的克托克走完了上游的路程，转身而南，进入了狭窄的晋陕峡谷，而峡谷的南出口即是龙门。龙门之下，河道平缓起来，河水漫散而流，形成了大片的洲渚与湿地。"关关雎鸠，在河之洲。"《诗经》的首唱就是从这里开始的。蒲州地处中游之平缓处，每有大水至，河流常改道。黄河流过城西，蒲州城是河东。黄河流过城东，蒲州城又成了河西。前边的《蒲州过河谣》即是说此。所以，"三十年河东，三十年河西"就成了蒲州人的口头语。因其含有"巨变"的意蕴，最后就成了对世事变迁难以把握的感慨之语。

古无门匠墓

"古无门匠墓"是流传在河南省三门峡一带的俗谚,是说,从古至今,门匠们死无葬身之地,所以是没有墓茔的。

门匠谓何?

门者,三门之门也。

匠者,在某方面有造诣的人。

门匠者,专事引领船只渡过三门峡激流的导航人。因有此一技之长,故称门匠。门匠多是此地人,他们熟悉水势,了解水情,过往船只经过此地,常要雇请他们导航引路。

黄河出龙门南下,河面宽阔,豁然开朗,南至华山被阻,从潼关折而向东,到了三门峡,两岸山峰夹峙,河道陡然变窄。再加上河道里有一座三门山挡道,怒水如射,波涛如沸。三门峡之三门,指的是鬼门、神门、人门。鬼门在南,人门在北,中间的为神门。各门之间宽约三十丈。只有人门可以行船,其他两门都非常险急。因山在河中,挺然而立,状如柱石,又名砥柱山。

门匠们导引船只一次次经过三门,偶有失误,便有去无回,尸骨难觅。所以,做门匠的大多不得善终。

三门活石坡　硬嘴狗趴窝

这是三门峡的一句俗谚。

三门山上边半里远的河中，有一块长约两米多的大石头，样子像一条门槛，人们叫门槛石。冬天水少的时候，门槛石露出水面，坦露于阳光之下，安静得像一块石头。夏天水多的时候，门槛石就被埋在了水下，不明就理的船只遇上它，一下子就被撞翻，凶猛地像只怪兽。而在三门山下边半里远的河滩上，散落着一堆乱石头，你枕我立，面目狰狞。上边的那块门槛石和下边的这些乱石头，都是从南边的山坡上滚下来的。人们把这座山坡叫作"活石坡"。活石坡下边的河滩自然也跟着叫活石滩了。活石滩的下边有一条峡沟，人们没叫它"活石沟"，而是称它为"狗趴窝"。要是航行的船只不小心或者没奈何被水漩到了这条峡沟里，立即就会翻船，像趴在窝里的狗一样一动不动了。

　　　　　　三门活石坡
　　　　　　硬嘴狗趴窝

船板坚固，谑称"硬嘴狗"。

跳进黄河洗不清

黄河的上游是清澈的，流经黄土高原后，带来了大量泥沙，浊浪翻滚，一泻千里。因其泥沙多，河水浑，怎么洗都会在身上粘有黄泥。所以有了这则谚语。

此谚语常用作不易表白、不好说清的委婉表达，带有委屈意。河南民间还有一则与此相近的谚语，可以起到深化的意义。是：

是非惹上身
黄河洗不清

但也有意义相反的谚语，让你不觉间增强了信心。这则谚语是：

黄河也有澄清日
是非终有分明时

一石水　八斗泥

此谚语和前边的"跳进黄河洗不清"有着紧密的自然联系。黄河多泥沙。究竟有多少泥沙呢？此处的"石"读音为"dàn"，是中国传统的计量单位。一石等于十斗。十斗里竟然有八斗泥啊！

是不是真的正好八斗？肯定不是。它只是夸张了黄河的泥沙含量。

黄河无风三尺浪　有风浪头百丈高

黄河在源头时,是清澈如珠的小溪流,只是在接纳很多的沟涧溪川后才逐渐地波涛汹涌起来。在中游的晋陕峡谷地带,特别是在壶口、龙门、三门峡等地,波涌浪翻,激流排空,真是无风三尺浪,有风浪涛天。

此谚语不仅是客观地述说黄河,更有主观上的指向,即黄河凶险,难以逾越。

大河里有水小河里满　大河里没水小河里干

这则谚语还有一种正好相反的说法:

小河里有水大河里满
小河里没水大河里干

究竟哪种说法对呢?这真是一个科学问题。这牵扯到对是大河易干还是小河易干的判断。如果真要实验,恐怕也未必不能说服人。因是谚语,就更难准确。因为谚语有一个重要的任务,就是它带有指向性的"意义"。

这则谚语显然有暗示性,意即是强调大河的重要性,还是强调小河的重要性。强调大河,显然有"集体"的意思;强调小河,则明显有"个体"的意思。每个人在选用谚语的时候,除了不自觉地脱口而出外,更多的时候,是有其明确的指向的。

下边这句很有名的谚语,就是对此看法的一个注解:

大河无水小河干
国不富强民不安

黄河尚有澄清日　岂可人无得运时

这则谚语显然和"黄河清，圣人生"的古语有关系。千里一曲，千年一清。这是黄河常被说及的现象。河清虽然不易，但也不是没有。此语用"黄河尚有澄清日"作喻，来说明人不可能永远背运。虽然喻体并不常见，但这话还是让人长志气，生力量。它比"人穷志短，马瘦毛长"不知道要有力多少倍！

十年河东变河西　莫笑穷人穿破衣

这则谚语也长精神。它和"三十年河东，三十年河西"的谚语显然有亲戚关系。只是，它悄悄地给它减了二十年，改成"十年"了。

人生能有几个"三十年"！

这一改，精气神全来了：顶多"十年"，什么都是会改变的。现在我是穷人，穿着破衣服，顶多再等……

这则谚语好！

黄河拦不住　真理驳不倒

　　这是又一个把黄河当作喻体的谚语。黄河拦不住,这是真的。千百年来,不,万千年来,是被证明了的!想拦黄河的人,只在中国远古的神话里出现过一次,那就是以"湮"为主要方法的鲧,后来堵水失败,被舜帝杀了。想想看,连偷了上帝息壤的鲧都不能拦住黄河,还有谁能拦住呢!

　　只要喻体"黄河拦不住"被证明了,那主体"真理驳不倒"就站住了。看来,要想立住自己的道理,一定要找个能立得住的喻体。最好是黄河!

黄河向东流　一去不回头

　　这显然是产生在黄河中下游的谚语,更准确地说,是产生在潼关以东地区的谚语。因为在中游的大部分地区,黄河是南北流向的。黄河水奔腾向东,从没有回流过,更不会回头。这则谚语的寓意鲜明,是说勇往直前,决不回顾。用客观上的黄河喻指主观上的坚定意志,恰切生动,十分有力。

高山挡不住黄河水

这是产生在三门峡地区的谚语。三门峡本就多山，黄河流经此地，奔涌咆哮，怒触群山，撞砥柱，破万石，直扑而东。高山挡不住黄河水。谁也挡不住黄河水！

这则谚语的寓意同样鲜明，是说大势所趋、人心所向，谁也挡不住、破不了。它和前边的谚语有着异曲同工之妙。

欲知对岸事　就应过河去

河这岸的人要关心河那岸的事，有啥办法呢？只有过河去看看怎么回事。这本来不是个道理，可是被这句话一强调，成道理了。而这句成了道理的话说久了，变成了一则谚语。一变成谚语，它便有了谚语自身要求的指向。它的指向谓何？我可以用另一句谚语来回答：

只有蹚水过河
才知水的深浅

要逮大鲤鱼　就得跳黄河

黄河鲤鱼，常常出现在我们的生活中。当我们要给人说媒的时候，人家会说："一定请你吃大鲤鱼！"当我们要办结婚喜宴的时候，也一定少不了大鲤鱼。当我们的孩子考上了大学，也被喻指为跳过了龙门。

而鲤鱼，则以产自黄河的为最好。

"黄河三尺鲤，本在孟津居。点额不成龙，归来伴凡鱼。"这是李白的诗篇。而鲤鱼跳龙门的传说早在北魏时就被郦道元记到了《水经注》里。

既然黄河的鲤鱼最好，那么，要想逮到大鲤鱼，就只有跳进黄河里。言外之意，不跳进黄河，你是得不到大鲤鱼的。

与这则谚语相近的，还有一则，只不过，它说得更具体、更有画面感。它是：

不顶千里浪

哪来黄河鲤

龙门一景　摄影/孟宪明

黄河后浪推前浪　光阴一去不回还

　　这两句话都是直理。只是光阴看不见，虽然易逝，但更容易被遗忘。为了提醒人们对光阴的珍惜，祭出了日日汹涌的黄河浪。这一说，听者立即明白，马上珍惜光阴并进而思考自己人生的意义和价值了。看来，黄河还是被拉来做喻体的。

　　和这则谚语意思相近的还有：

光阴好比河中水
只能流去不能回

河水泉源千年在
青春一去不回来

河水不会倒流
人老不再黑头

掌舵的不慌　坐船的稳当

掌舵的，就是开船人。开船人不慌，那就说明此次的渡河行动没有危险。行船没有危险，坐船的人自然心神安宁，行止稳当。此则谚语的指向是对从容不迫的一种叙述。

纸人泥马过不了黄河

这是又一句真理。这个真理有两层意思。一层是，纸人、泥马，都是死物，怎么会自己过黄河呢？再一层意思是，纸，见水必烂，纸做的人，自然也避免不了。泥，见水必散；泥做的马，自然也在劫难逃。这两层意思表达了一个共同的主题。

这则谚语的意指有着强烈的批判性。它的判断是不可改变的。

鱼跳龙门争上游　鸟飞青山望枝头

这是一则对仗工整的诗句似的谚语。"鱼跃龙门"自然是指发生在禹门口的黄河跳龙门的故事。鸟飞枝头，则是我们经常见到的生活现象。两句的意思是一样的。二者的关系是同意强调。这则谚语带有赞美的意向，其指向明丽而昂扬。

涨一回水　淤一层泥　经一回事　长一层智

黄河多泥沙，每冲一次水，就会留下厚厚的一层泥。有时候，河水带的是淤泥；有时候，河水带的是沙土。是灌淤压沙还是以沙释淤，掌握了黄河规律的人们多有妙用。但不管是淤是沙，反正是涨一回水，就淤一层泥。这是客观事实。此谚语用此现象喻指经事长智的规律，给人们以提醒和鼓励。

三门峡天鹅湖　摄影/董保华

过黄河不怕水　走夜路不怕鬼

这则谚语的意思有不确定性。是因为"过黄河不怕水"了，才使得"走夜路不怕鬼"了呢？还是两句话说了两件事，两件事的语意是平等的呢？如果是前者，过黄河看来真不能怕水，因为它带来更大的收益。如果是后者，那就有口号之嫌：

> 过黄河不要怕水
> 走夜路不要怕鬼

但不管哪种解释，这则谚语都有力量，都有鼓舞人的作用。与此有关系的谚语还可以举出两则，虽然意思有别，但都有劝诫和鼓励的价值：

> 吃鱼不怕腥粘嘴
> 过河不怕水湿腿

> 爬山不要叹山高
> 过河不要等水消

核桃　摄影/孟宪明

小溪水浅哗哗淌　大河水深无声流

浅水有语，深水无声。这也是大自然的规律使然。此谚语用小溪和大河的对比作喻，提醒人们要学大河谦虚谨慎，不学小溪浅薄多语。与此相近的还有一谚，是：

河水越深
喧闹越少

靠着大河有水吃　靠着大山有柴烧

又是一句真理。靠河有水，靠山有柴。该谚语虽然只是一般性的叙述，但却告诉或者说强调了一种意思：背后要有指靠。与此谚相近的还有一则，是：

近山不缺柴
临河不缺水

结友要像黄河水　莫学杨柳一时青

黄河水奔腾向前，永不止息。结友要结像黄河一样情深不枯的人，虽然不一定能做到，但这个提醒非常重要。对于事情的另一面，它又用了一个青青杨柳的比喻。杨柳虽然青翠可爱，但春天一过，它立即就枯黄凋谢，不复繁荣了。这则谚语既具提醒之意，也有告诫之用。与此相近的谚语还有一则，是：

河水有清有浑
朋友有假有真

民是黄河水　官是浪上舟

这则谚语让人想起来"水可载舟，亦可覆舟"的古话，只不过一和黄河联系在一起，立即就突出了地域特点。民，即老百姓；官，即统治者。也就是说，老百姓像黄河水一样，既可以托起来官这只舟，也可以把这只舟淹没掉。这既像是对当权者的提醒，也像是对老百姓的鼓励。虽然没有明确的指向，但总让人感觉此谚是站在弱者的位置上说出来的。

大江大河都过了　不想阴沟翻了船

大江大河，即长江、黄河。阴沟，即从地下穿出来的小水沟。大江宽广，大河辽阔，自然可以行船，虽然风高浪险，但撑船人小心谨慎，齐心协力，也就化凶为吉，顺利渡过。阴沟小、浅，看上去也无危险，所以行船时就不谨慎，欠小心，更重要的是，行船人哪有在阴沟里行船的经验，所有的只是对安全意识的麻痹，一遇小险，立即翻船。客观和主观都可以说得通。这则谚语除了在抱怨自己运气不好外，还有对阴沟行船的曲笔提醒。

十住河湾九家富　一家不富开当铺

这两句话是说住在河湾的好处。河湾处，多是船只停靠的码头。河直水急，当不了码头。河流一弯，水缓下来，船可以停靠了。既然是码头，就有商旅，有游人，有吃喝，有交换，十家九富就有了基础。

当铺，是典当东西的铺子。谁家急着用钱，一时无奈，就拿出家中值钱的东西去当铺，典得钱来。等有了钱，在双方议定的时间内将东西赎出。若是时间到了，典当人还没有来赎，那么这东西就成了当铺家的。"要想富，开当铺。"可见是赚钱的营生。因地处河湾，人多事杂，当铺自然生意兴隆。

该谚语说出了一种生活现象，因无浓厚的感情色彩，采用了平直的叙述语言，给人的感觉是真实可信的。有一则谚语与此相关，抄之于下娱目：

河随地势流
城镇傍码头

快刀难斩黄河水　利剑难断家乡情

又是一则以黄河设喻的谚语。刀不是用来砍水的。刀再快也砍不断水。李白有诗："抽刀断水水更流。"李白说的是真相。不信，你可以用刀砍水试试，真的是"更流"，因为刀在砍的时候激挡了水。一般的水，你就砍不断了，宽广无际的黄河水你就更难砍断！如果真有谁生出拿刀斩断黄河水的想法，要么是想象力丰富，要么就是哪儿不正常了！所以，"快刀难斩黄河水"是一句千真万确的实话。由此设喻，来说家乡情，真是一个极好的选择。

但请注意，这则谚语有一个特点，都是用的不可能来表现可能。用快刀斩水，还勉强可试，利剑断情，行吗？

小船烂了净打净　大船烂了三千钉

小船，多是小木船。独木舟、水划子，制造时很少用或者根本不用钉子。当它朽烂的时候，也就朽烂了。大船就不同了，制造时会用到很多铁钉、铁箍甚至铁柱，朽烂的主要是木头，铁是不容易朽烂的，故有此谚。

此谚语指向宽泛，多用作暗喻。

就河里的水　洗河里的船

这是一则天然质朴的谚语，幽默而智慧。

停在河里的船要洗了，不用河里的水难道还要从外边提水吗？

这是一个发现。一个在熟悉得不能再熟悉的生活里发现了陌生，一听，就会有陌生感产生。

它更大的陌生感表现在其寓意上，即，要务实，要简单，要实事求是，不要好高骛远、不切实际，把简单的事情复杂化。

在我们的生活中，南辕北辙、缘木求鱼的事发生得还少吗？

黄河上支泾渭汾　黄河下支伊洛沁

这是一则知识性的谚语。分别说了六条黄河的支流。上支，即上游的支流。下支，即下游的支流。大体不错。因为严格说来，这六条支流都在黄河的中游。泾水发源于宁夏六盘山，它是渭河的支流，渭河流入了黄河，泾水自然也是黄河的支流。渭水发源于甘肃省定西市渭源县的鸟鼠山，在华阴流入黄河。汾水发源于山西神池县，在万荣县流入黄河。下游的伊水发源于栾川县陶湾乡三合村闷顿岭，在偃师汇入洛河，故称伊洛河。洛水发源于陕西省渭南市华州区，在河南省巩义市注入黄河。沁水发源于山西省平遥县黑城村，在河南省武陟县城南流入黄河。

宁愿杨家湖洗脸　不在潘家湖洗脚

杨家湖和潘家湖都是开封城里的湖。

开封是北宋的都城。杨家，指的是北宋时期的著名将领杨业一家。杨家以满门忠烈彪炳于史籍，尤其在民间流传广泛，可以说是家喻户晓。而潘家，指的是北宋时期的朝中重臣潘仁美一家。潘家因在抗金的战争中不支持杨家，致使宋朝战败，杨家子弟多人战死，因而被民间广为流传的故事所鞭挞。

杨家湖，即杨业一家的湖。

潘家湖，即潘仁美一家的湖。

一忠一奸，一好一坏。民间对此的褒贬十分鲜明。故有此谚。应该提及的是，今天的杨、潘二湖所用的都是引来的黄河水。

开封杨家湖　摄影 / 孟宪明摄

黄河九曲十八湾 湾湾里面有神仙

九曲十八湾的黄河有着总也流不完的九曲十八湾的水,这些水是从哪儿来的?这条河为什么要这样的九曲十八湾?黄河,有着太多的问题与想象。古人曾试图回答,比如说,黄河和天河相连,有一个叫张骞的人顺着黄河到了天河里,见到了织女。织女送给他一块石头……河有河神。水有水神。山有山神。石有石神。宽宽窄窄的河道,弯弯曲曲的水流,长长短短的沙洲,高高低低的飞鸟……美丽神奇的土地上,必然有大大小小的神仙。这是古人的观念。在今天,这种观念已经变成一个美丽的喻指。

山东齐河　摄影/董保华

只见过黄河水浑　没见过黄河水清

这是一则流传于中原郑州地区的谚语,它讲了一个真实的现象。黄河浑浊难清,它清的时候真的是太少太少,以至于每见到一次就视为神奇。事实一旦被强调,也就具备了喻指的能力。它可以被当作事实来说,也可以被喻指为"不可改变""很难改变"或者"本性难移"之类的代称。

黄河好滚翻　滚到哪里哪里淹

这是一句叙述性的谚语,说的是黄河的真实情况。此谚语流传于中原一带。黄河中游和下游的界碑就在郑州附近的桃花峪。下游的黄河决口繁多,人们深受其害。"黄河一泛滥,拉棍去要饭。"所以,当有人说出这句话的时候,总被听者的频频点头所感动。

黄河成了妖　水面倒比地面高

这是流传于黄河下游开封一带的谚语，也就是歌谣"开封城，城摞城"的地方。黄河流到此地，河面比河堤外的地面要高出几米。黄河被称作悬河，也即悬挂起来的大河。河流本来都是低于地面的，而黄河竟然高悬于地面之上。自然是成了"妖"！

黄河真糟糕　铜头铁尾豆腐腰

这则谚语仍然是说的下游，是说的开封、濮阳一带。黄河铜头，这句话没有异议。黄河在上游行走于万山之中，自然不会泛溢。至于铁尾，就有人摇头。因为黄河在数千年的历史记载中，入海口多次改变，天津、江苏、山东……非要说铁尾，只能指东海了。至于豆腐腰，肯定不会有人反对。黄河在下游成了悬河，无山可挡，无陵可凭，河堤只能用柳埽和泥土堵塞，一遇大水，极易溃决。"豆腐腰"！一旦有人提出，便得到了一致首肯。这也是一则叙述性俗谚，没有特殊的喻指。

黄河水　多变化　有时小来有时大

　　这是一则经验性的谚语。喻指不明或可以说没有喻指。黄河水天天变化，但黄河水的变化与黄河没关系，与黄河流域的降雨量有关系。降雨量大，黄河水就多；降雨量小，黄河水就少。流传于河南的另一则谚语可作此话的补充，抄下来放在下边：

　　　　老天下大雨
　　　　黄河涨大水

河边插柳　河堤长久

　　这既是一则经验性的谚语，又是一则防灾用的谚语。河边插柳，并不是单说柳树能起到固堤的作用，柳树喜水，植于河边，便于成长。能很好地起到固堤的作用。更重要的是，柳树还有一个作用，就是可做堤埽的重要材料。如果河堤溃决，折柳编埽，在过去没有重型工具的情况下，其重要性不可代替。看来，河边插柳，既可护堤、固堤，也可堵决口、筑河堤。有一则谚语也说出了相同的信息，抄之于下：

　　　　高山松　河滩桑
　　　　杨柳最宜长河旁

紧七慢八九消停　拉纤十天不腰疼

这是说纤夫们拉纤时的脚步节奏的。究竟如何紧七慢八,我没有考究出来。但我感觉,当今时代还是应该尽量多保留一些"过去"的信息,故而还是收录了起来。

船家胆大　越撑越怕

船家是胆大,别人不敢去的地方他们敢去,大风大浪里,烟波浩渺间,他们驾着船乘风斗浪,所向披靡。可是,在危险中的他们,见多了危险,经多了不幸,胆子就会越来越小。这就和现在的汽车司机一样,开得越久,胆子越小。

千桨万篙　比不上破篷撑腰

桨和篙都是划船的工具,为什么说比不上破篷撑腰呢?因为无论桨还是篙,都得用力去划、去摇,而篷布,只要风向对,扯起来自会有力,不用再舞篙划桨。当然"撑腰"啊!

这是一则叙述性的谚语,说的是人生经验。有一则谚语表达了相近的意思,是:

顺风驾起篷来淌

无风驾起橹来摇

只要桨齐　不怕浪急

又是一条行船的经验。风高浪急的时候,船工们只要齐心划船,动作整齐,好好配合,就能战胜风浪,不惧激流。这则谚语具有明显的喻指,不仅强调团结,而且重视方法。

一声号子一阵力　不喊号子力难齐

这是强调号子的重要。黄河风高浪险,无论是驾船的艄公,还是船上的船工、搬运东西的河工,在面对多人合作才能完成的工作时,喊起号子来,以激扬精神、协调动作,就成了工作的一部分,甚至可以说是重要的一部分。随着节奏分明的号子声,实现了复杂的程序,完成了繁重的工作。"不喊号子力难齐",说出了号子的重要性。有一则谚语与此相关,附后边冀搏一哂:

船怕号子马怕鞭
号子壮胆力气添

新郑大枣　摄影 / 孟宪明

河阴石榴郑州梨　新郑小枣甜似蜜

　　河阴，即河阴县，现在叫荥阳。紧临郑州之西。河阴即大河之阴。山阳是在山的南边，河阳是在河的北边。山阴是在山的北边，而河阴则是在河的南边。

　　我们说的河阴就在黄河的南岸。河阴石榴软籽多汁，甘甜醇正。每到秋天，附近的人们都以能吃到河阴石榴而高兴。郑州梨，个大皮薄，甜脆爽口。新郑的枣远近闻名，个大皮薄，核小肉多。这三种水果都是黄河岸边的特产。

河阴石榴　摄影 / 孟宪明

黄河鲤鱼淇河鲫

黄河鲤鱼从北魏,更早说从《诗经》时代,就已经成了国人餐桌上的名吃。如果哪条鱼可以在餐桌上和黄河鲤鱼相提并论,不用宣传也就可以了。这则谚语中的淇河鲫,就被拎过来和黄河鲤鱼放在了一起。

淇河也是一条文化大河,从《诗经》时代一直流淌到今天,两千多年未断流。在著名的《诗经》中,卫风共有七首,竟然有三首写淇水,一首写黄河。

> 淇水汤汤
> 渐车帷裳……

想到两千多年前氓与恋人的那一场爱情:"不见复关,泣涕涟涟。即见复关,载笑载言。"到今天读来仍然动容。

想必在淇水中养了几千年的那条鲫鱼一定是味美无匹的!

今日淇河秀　摄影/孟宪明